I0689976

O VÍRUS

e outros contos

Nélson Vladimiro

Imagem na capa:

© Prettygrafikdesign (www.etsy.com)

A figura que se apresenta no conto "Silêncio em três partes" é resultado de uma montagem a partir de quatro imagens que foram por sua vez recortadas de uma figura maior onde cada uma estava inserida. A propriedade intelectual de duas dessas imagens pertence à Microsoft e das outras duas pertence à Prettygrafikdesign.

Imagem na lombada e nesta página:

© Jamie Jay | Dreamstime.com

Lobo dos Santos é pseudónimo ® 2022 de

Nélson Vladimiro © 2020-2024

O vírus ISBN 978-989-35636-0-1

dos Santos

Exoneração de responsabilidade

Esta é uma obra de ficção. Todos os nomes de pessoas ou de locais e todos os acontecimentos são ficção; qualquer semelhança com pessoas, locais ou acontecimentos reais é coincidência.

Não é pretensão destes textos ofender ideais, pessoas, instituições ou convicções. A qualquer um que se sinta ofendido pelas ideias ou palavras expressas nestes textos o pedido de desculpas antecipado.

O autor

Nélson Vladimiro é um autor de origens humildes que cedo despertou para a leitura e escrita. Os seus pais, ambos com a antiga quarta classe, viram a vantagem dos livros colocando muitos à sua disposição permitindo assim muitas leituras. Começou cedo a escrever iniciando a sua carreira no extinto DN Jovem, mas em vez de aprofundar a sua vocação tentou um curso de Engenharia Informática, outro de Contabilidade, trabalhou nas finanças, apenas para reconhecer tardiamente que o seu lugar é na área de letras.

A privacidade é importante.

Dizem que o Mail guarda um perfil nosso e vende a empresas (de marketing?). Dizem que o mesmo se passa com o telemóvel.

(Será que o seu cônjuge já sabe qual é o presente de aniversário que lhe comprou e ainda não chegou no correio?)

O autor utiliza o email da Proton (www.proton.me) e só visita certos sites com o Tor Browser (www.torproject.org) apesar de manter a sua conta no Gmail (quem tiver conhecimento deste endereço pode continuar a contactar por aqui).

Prefácio à 4ª edição
(O vírus)

6 anos passados, será esta a versão final? Quando se escreve um livro de contos é fácil fazer uma segunda edição e uma terceira edição e por aí adiante: junta-se mais um conto, ou seja, mais algumas páginas com coerência, e temos mais uma edição! Taram!!!! 6 anos passados e temos 300 páginas com mais contos, uns que estavam na gaveta e outros que surgiram novos como se fosse magia. Taram!!!

Pode o leitor mais atento reparar que o autor escreveu no prefácio à 1ª edição "(...) esta edição não é uma reimpressão da primeira e penso que também não será uma segunda edição. É outra obra com o mesmo título"; haverá um erro, uma incoerência, aqui? É o mesmo autor quem escreveu o parágrafo anterior e o prefácio à 1ª edição...

Admite-se que a questão não seja fácil: um livro que foi novamente publicado, mas corrigiu-se [só e apenas] gralhas tipográficas e erros ortográficos, é uma reimpressão ou uma 2ª edição? Se acrescentarmos só uma página, do género da "Exoneração de responsabilidade" mais detalhada ou a bibliografia / curriculum literário do autor, é uma 2ª edição?

Esta questão não pertence ao espaço do leitor, o parágrafo anterior é apenas um desabafo. Em princípio esta é a versão final. (Em princípio?... Hum...)

O seu a seu dono: as duas páginas onde surge a expressão "O papel? mas qual papel?" pertence aos Gato Fedorento. Fizeram um sketch na televisão e coube perfeitamente na história "Os bacanos". O conto "Bárbara" foi inspirado na canção "Used to love her" dos Guns and Roses. O objetivo é fazer um trocadilho com o substantivo barbaridade: quem é a Bárbara e qual é a selvajaria? Se não conhecem a canção, façam esta pergunta antes de a ouvir e depois de a ouvir. A resposta é a mesma?

A influência de uns e de outros, o contributo de uns e de outros, o ponto de vista de uns e de outros, faz o mundo avançar. Podemos viver solitários, mas não vivemos sozinhos.

Se dúvidas houver se o autor utiliza aquela linguagem no dia-a-dia: utiliza. Este autor é um labrego e pensa que os labregos têm direitos, ou seja, utiliza aquela linguagem e não vai deixar de a utilizar.

Este autor só teve uma esposa, só pediu em casamento uma mulher, nunca teve uma namorada; quando visitou um certo bar de alterne, o porteiro perguntou (ao autor) "Trazes um livro porquê? Vens ler para as gajas, é?"

Este autor é um labrego. Por conseguinte, acha normal aquela linguagem. Pior: pensa que tem direito a utilizar aquela linguagem (ora, querem lá ver♦...);

O que não significa que é, necessariamente, aquela imagem que imagina ou ambiciona ou fantasia. O autor já o disse: lá por ver a Nicole Kidman ou a Winona Ryder ou a Scarlett Johansson a fazerem umas coisas não significa que as queira imitar.

♦ Um aparte: o autor disse no prefácio à 1ª edição que não fez "qualquer esforço para criar frases complexas ou utilizar significados herméticos". Alguém pode acrescentar: "o autor nunca cultivou qualquer espécie de cultura, não é agora que lhe serve usar um dicionário e pôr uns floreados..."

Esticando o exemplo: quando vemos um filme de terror tipo "cortar o pescoço e perseguir os companheiros" não significa que realmente queiramos fazer aquilo que está no ecrã. (Salvaguardando os adolescentes impressionáveis, como é óbvio). Com os textos a mesma coisa.

Um filme sobre guerra ou um texto sobre guerra não significa, obrigatoriamente, que é um interesse por aí além do autor. Ninguém está à espera que um autor de ficção científica esteja a pensar ir até ao aeroporto perguntar onde compra o bilhete para Marte ou Júpiter depois de escrever um dos seus livros...

Falámos ali de atrizes, vamos agora falar de homens. A igualdade de género.

Porque este livro é dedicado ao karaté, que o autor praticou, e porque fica aqui bem, já que falámos de atrizes (e guiões, implicitamente) vem o seguinte: o autor nunca praticou um desporto, sempre praticou uma arte marcial. Não confundir o karaté, o judo e o aikido com o full contact, o boxe e o muai thai. Não são a mesma coisa. Todavia, não merece reprovação nem o desporto nem os desportistas; há virtude em qualquer desporto desde que não façam um desporto como no filme Apocalypto♦...

A propósito... o texto "Está tudo bem" surgiu a partir de uma canção dos Manowar.

Estava o autor a tentar trabalhar outro tema que não tem nada a ver, ouviu a canção "call to arms" – que conhece de trás para a frente, já fez uma adaptação para prosa há uns anos, só porque sim – sem saber como, esta letra / canção com o discurso "O caminho é em frente" – que também já

♦ A corrida após o sacrifício: vamos fazer tiro ao alvo...

existia, mas com outro título – transformou-se naquele texto ao fim de uma semana.

Entretanto… se a adaptação para prosa já existia, se o discurso já existia, podemos dizer "ao fim de uma semana"?…

Dito isto, divirtam-se com a leitura. Porque, antes de mais nada, a leitura deve ser agradável. (Não confundir agradável com fácil: como exemplo, a matemática é agradável para alguns, incluindo este autor, e não é fácil para nenhuns, incluindo este autor).

Raciocinem o que quiserem, pensem o que quiserem, desfrutem.

Prefácio à 2ª edição
(Contos da Praia) (por Lobo dos Santos)

Umas palavras de circunstância para situar o leitor. Alguns destes textos foram escritos há alguns anos, outros são recentes, mas não se perde nada em dizer umas palavras sobre a sua origem, sabendo que os leitores podem achar que já os viram em algum lado.

Comecemos por dizer que o conto "O céu está cheio de estrelas" foi publicado em 1995 no DN Jovem. Reescrevi-o.

O conto "O presidiário" é uma adaptação de um episódio de uma série de televisão dos anos 80, "Twilight Zone", ainda a televisão era a preto e branco. Não gostei do final e decidi escrever um que entendi ser melhor.

O conto "O recado do professor" é baseado numa ideia abordada num episódio da série "Uma família às direitas" que passou nos anos 80. Nesse episódio eles desenvolvem o tema noutra direção; eu peguei na ideia e fiz o meu próprio desenvolvimento. Se alguém vir esse episódio e ler este texto pode não encontrar semelhanças. Até pode nem ver a relação entre um e outro se não ler este parágrafo.

O conto "Como eu nasci" é uma adaptação de um excerto do livro "Wonder" de R. J. Palácio. Vi o filme, não li o livro na sua totalidade, mas acho que o filme perde por não conseguir mostrar este excerto que achei genial.

O conto "Dois destinos" é uma adaptação do conto de Natal de Charles Dickens. Essa obra já foi adaptada várias vezes, em livro e no cinema, esta é apenas mais uma.

Também o conto "Breve encontro" é uma adaptação de um filme de 1945 com o mesmo nome.

Sobre os restantes textos nada acrescento, são um produto da minha imaginação, cada um fará a interpretação que quiser, se a quiser fazer, pode simplesmente ler pelo prazer de ler, nada de mal há nisso. Este é, aliás, o objetivo primeiro: que deem por bem empregue o tempo que gastaram de volta do livro e o queiram guardar na estante para reler mais tarde.

Termino com o desejo que apreciem ler este livro tanto como eu gostei de o escrever.

Prefácio à 1ª edição
(O vírus)

Nunca escrevi com a intenção de ser publicado, mas depois de reunir vários textos achei que era uma pena ficar com eles só para mim. Assim, publico-os e espero que apreciem estes textos tanto como eu.

Estes contos, à exceção de um ou outro, como esse que dá título ao livro, foram escritos ao longo dos anos. Quando podia, escrevia e quando decidi que ia mostrar a obra ao público apenas tive de dar os toques finais. E esses toques finais deram trabalho; escrever para ser lido exige um certo cuidado.

Escrevi com a pretensão de ser lido por todos, não apenas os literariamente mais cultos, por esta razão não fiz qualquer esforço para criar frases complexas ou utilizar significados herméticos. Apenas desejo que estes contos sejam uma leitura tão agradável quanto foi a sua escrita.

Alguns destes contos foram inicialmente publicados em 2020 numa obra que já foi retirada do mercado. Poderia dizer-se que esta é uma segunda edição. Mas não. O que se passou é que eu tinha uma vontade enorme de publicar, como se a minha vida dependesse disso, e não maturei muito o assunto. Mais tarde pensei melhor, a crítica de algumas pessoas também ajudou nesse planeamento, e decidi retirar alguns contos, incluir outros e reescrevi o conto que dá título ao livro impregnando assim uma dinâmica diferente à publicação.

Portanto, esta edição não é uma reimpressão da primeira e penso que também não será uma segunda edição. É outra obra com o mesmo título. Por ter o mesmo título podem os leitores ficar confundidos daí a necessidade desta explicação em prefácio.

Decidi por este título porque os tempos em que vivemos são marcantes e porque, no conto que tem esse título, manifesto uma visão desta pandemia, visão que é apenas uma imaginação, nada mais que isso. Não pretende ser outra coisa.

Direi apenas que esta visão foi imaginada em 2020, durante o primeiro confinamento em Portugal. No início da pandemia, portanto. Não havia informação, havia medo do que podia acontecer, não se podia ir a lado nenhum, não se podia fazer nada, tive que ficar em casa como todos os outros e sentei-me a escrever. Isto podia fazer sem sair de casa. Sem o perigo de ser infetado ou de infetar outros. Sentei-me à varanda e escrevi.

No momento em que escrevo estas linhas essa visão ainda não se concretizou, nem é meu desejo que isso venha a acontecer.

Cada um fará a reflexão que entender, se assim o entender, pode simplesmente ler pelo prazer de ler, nada de mal há nisso. Antes de mais, o objetivo deste livro é que deem o tempo de leitura como bem aproveitado. Que sintam que vale a pena ter o livro na estante para reler mais tarde.

E assim, entrego-vos estes contos, na esperança que os desfrutem, sabendo que já não são meus, cada um dos leitores irá colocar um pouco de si e interpretá-los à sua maneira.

Tudo o que é preciso para o mal triunfar,
é as pessoas boas não fazerem nada.

Edmund Burke (1729-1797)

Começa onde estás. Usa o que tens.
Faz o que podes.

Arthur Ashe (1943-1993)

Se caíste ontem, levanta-te hoje.

H. G. Wells (1866-1946)

A vida é 10% o que te acontece e
90% como tu reages a isso.

Charles R. Swindoll (1934-)

Eu sou apenas uma, ainda assim sou uma. Não
consigo fazer tudo, ainda assim consigo fazer
alguma coisa. E, porque não consigo fazer
tudo, não vou recusar fazer essa alguma coisa
que eu posso fazer.

Helen Keller (1880-1968)

DEDICATÓRIA

Dedico este livro ao **KARATÉ**.
Sem nomear o mestre ou os colegas; ao karaté,
simplesmente. Peculiar?

Índice

Uma aventura

Numa qualquer repartição de finanças da capital, um funcionário dirige-se ao gabinete do chefe para falar com este:

— Chefe, o Ladislau disse a um contribuinte que o computador está avariado de propósito. Quase tivemos uma reclamação. Conseguimos enrolar o senhor, mas foi complicado.

O chefe não queria acreditar no que estava a ouvir. — Como? De propósito? Ele disse mesmo isso?

— O contribuinte queria falar com o chefe porque não conseguia entregar o IRS e aqui o computador está sempre avariado. O Ladislau respondeu que o chefe, o senhor, está cá todos os dias e até vai ali cumprimentar o pessoal, portanto, deve saber que o computador está avariado. — O chefe olhava, muito sério. — Tivemos que enrolar o contribuinte e foi complicado, estava a ver o caso malparado. Ele ainda falou no livro de reclamações...

— Ora querem lá ver! Então, mas quem é que manda aqui? Era só o que faltava. Você disse-lhe alguma coisa?

— Ao Ladislau? Não.

— Pois... Vamos tratar desse gajo. Então ele chega aqui e quer estragar o negócio aos outros? — Baixou a voz como se estivesse a falar consigo próprio: — Não vai ser ninguém na vida. Vai passar o estágio, claro, ninguém lhe tira o emprego, mas nunca vai conseguir subir aqui dentro.

O funcionário conseguiu ouvir e respondeu: — Claro.

Elevando a voz: — Vou falar com a direção de finanças. O sr. diretor tem que ser avisado. Mas isto não chega. A primeira coisa a fazer é arranjar umas reclamações. Temos que o tramar bem tramado.

— As reclamações serão suficientes para o tramar?

— Começamos por aí. Vamos falar com uns colegas reformados para passarem por cá. Volte para o balcão e de caminho diga ao César para vir falar comigo.

— Sim.

Ladislau era um novo colega estagiário. Estava ali há pouco tempo. Como todos os jovens, quando terminou a vida escolar foi procurar a sua independência. Encontrou trabalho nas empresas privadas, só que era dispensado ao fim de uns meses. Ou porque já tinha sido contratado apenas para fazer as férias de alguém, ou porque a empresa diz ter aquela quantidade de empregados para fins de subsídio, mas na realidade não precisa, assim, contrata e dispensa-os à primeira oportunidade, mantendo sempre uma média estatística de empregados. Ou simplesmente, a empresa não quer ninguém nos quadros para mais tarde não aumentar o salário, os que vão entrando recebem pelo início de carreira, dispensa estes, contrata aqueles, os salários nunca aumentam.

Ladislau andou deste modo dois, três anos e chegou à conclusão que não ia a lado nenhum. Assim, pensou em concorrer à função pública onde não há estas questões. E se bem o pensou, melhor o fez. Passou a consultar o Diário da República todos os dias, procurou as ofertas de emprego e concorreu àquelas onde as suas habilitações encaixavam. Tinha de fazer testes, às vezes entrevistas, mas ficava sempre com a ideia que essas provas tinham corrido bem.

Quando chegou à bonita idade de 28 anos estava a ser admitido nas finanças. Foi o primeiro anúncio que viu. Prestou provas em outras entidades, mas ficou no primeiro anúncio para onde concorreu. Se soubesse não teria concorrido às outras entidades onde fez provas, mas, lá está, ele não sabia que ia ser aceite ali. Não tinha cunhas, sabia lá onde ia ser chamado.

Foi colocado numa repartição de finanças da capital juntamente com mais oito novos colegas. Era uma repartição de finanças com alguma dimensão, como todas na capital. Disseram-lhe que essa colocação não era definitiva, teria que fazer testes a mostrar que percebia dos impostos. Estaria um ano oficialmente em estágio, faria duas provas, uma a meio, outra ao fim de um ano e, se tivesse uma média positiva nessas duas provas, ficaria então definitivamente nos quadros.

Colocaram-no ao balcão em três semanas. No início da terceira semana, entenderam que já tivera tempo de ler os códigos dos impostos e colocaram-no ao balcão. Acompanhado, claro. Estava um colega dos mais antigos por perto para o caso de alguma questão mais difícil e para aqueles pormenores que não aparecem nos livros, como é o caso, por exemplo, de um requerimento: não se explica nos livros como se faz um requerimento, qual é o seu aspeto, o que deve conter, quanto se paga de emolumentos, se é que paga alguma coisa, se é feito em triplicado ou em folha simples. Enfim, pormenores que depois de uma semana ou duas a recebê-los já são insignificantes.

Calhou um dia Ladislau ouvir dois colegas a conversar perto de si, certamente sem intenção de fazer segredo, sobre a carência de técnicos de informática na direção de finanças. Que eles não conseguiam dar conta das solicitações, eram poucos para o serviço que havia, coiso e tal. Ladislau ouviu, não ficou convencido, mas não disse nada, a conversa não era com ele.

Começaram a aparecer clientes mal-humorados, uns reclamavam porque pagavam muito e, aparentemente, Ladislau era o culpado, outros simplesmente eram umas flores de estufa que queriam ser tratados com pinças e meiguice. Apareceram ainda alguns que faziam perguntas complicadas, perguntas que Ladislau tinha dificuldade em responder porque estava ainda em estágio há pouco tempo e o colega pau-de-cabeleira desaparecia nessas alturas não havendo assim alguém mais experiente a quem pedir uma opinião.

O tempo foi passando e finalmente apareceu a primeira reclamação. Alguém estava a ralhar porque um outro funcionário explicou de maneira diferente de Ladislau e foi aqui que ele resolveu fazer a reclamação. Ladislau não conseguiu que outro colega o apoiasse fazendo com que o contribuinte insistisse que noutro dia alguém explicou de maneira diferente. Quem tinha razão?

O chefe ficou contente. Aproveitou para chamar o psicólogo avençado pelos serviços. Ladislau não compreendeu o porquê de um psicólogo. Uma reclamação? Não era o fim do mundo. Claro que ficou chateado, mas daí a precisar de apoio psicológico vai uma grande distância.

O psicólogo conversou com o chefe antes e depois de ouvir Ladislau. O chefe perguntou:

— Então doutor, como correu?

— O senhor sabe que eu não posso revelar a conversa tida em serviço. Mas posso dizer que não perdemos tudo, temos material para fazer qualquer coisa.

— Sim? Ele aceitou ser seguido por si?

— Isso não. Infelizmente ele não quis. Mas disse uma coisa sobre um colega que passou por nós, um de óculos e camisa aos quadrados, está a ver quem é?

— De óculos? Deve ser o Filipe. O que é que tem?

— Não posso revelar a conversa. Digo-lhe simplesmente: ponha esses dois em contacto. Arranje uma situação de serviço em que eles tenham de interagir. Pode ter o resultado que deseja.

— Ah, muito bem, muito bem...

O chefe aproveitou a reclamação como justificação para mudar Ladislau para outra secção. Escolheu exatamente aquela onde estava esse colega a trabalhar. Nesta nova secção os conhecimentos de Ladislau eram mais fracos. Não é que ele não soubesse, mas com a falta de tempo ao longo do dia, há uma tendência para as pessoas especializarem-se naquilo que fazem melhor e Ladislau descurou um pouco os procedimentos da área em que não trabalhava todos os dias. Os novos colegas, muito amigos, não ajudaram Ladislau a adquirir os outros conhecimentos, mas fizeram conversa que ele devia pedir transferência para a direção de finanças no final do estágio. Ali não havia público para atender, com certeza iria correr melhor.

A primeira prova do estágio sobre impostos que Ladislau fez correu bem, ele teve positiva. Menos uma preocupação.

Nesta nova secção Ladislau também tinha um colega por perto. Ninguém o deixava completamente sozinho apesar de não lhe oferecerem apoio. Como há vários trabalhadores e o edifício não é assim tão grande, facilmente se posicionam dois colegas perto um do outro, aparentemente sem relação com o que o outro está a fazer. Esse colega de óculos fazia faísca com Ladislau várias vezes. Às vezes implicava porque Ladislau tinha a barba por fazer, outras vezes porque a camisa estava por fora das calças, até chegou a dizer que Ladislau devia usar gravata, um acessório não exigido oficialmente. Um desses colegas também vai falar com o chefe um dia:

— Chefe! O Ladislau disse a um contribuinte que não precisa de pagar já.

O chefe fez uma cara séria, muito atento. — Não precisa de pagar? Mas o nosso negócio é cobrar, como é que ele arranja isso?

— Explicou que o processo não vai para a penhora no dia a seguir a terminar o prazo. Entre o fim do prazo para pagamento e a emissão da certidão de relaxe há tempo suficiente para o contribuinte arranjar dinheiro para efetuar o pagamento.

O Chefe endureceu a cara e não conseguiu evitar levar a mão à orelha. Ficou com comichão de repente.

— Bolas, pá! Isso é verdade, mas nós não dizemos isso aos contribuintes. O nosso negócio é pedir dinheiro, não é facilitar-lhes a vida. Caramba.

— Ele até usou uma expressão: "Enquanto o pau vai e vem, descansam as costas".

— Hum? Porque é que ele disse isso?

— Foi a resposta à queixa do contribuinte dizendo que não tem dinheiro para já.

— Ok. Vamos ter que tratar desse gajo ainda melhor, pois vamos. Ele não quer o psicólogo, mas eu arranjo solução. Volte para o balcão e de caminho diga ao André para falar comigo.

Ladislau foi colocado no arquivo. Qualquer repartição tem um espaço onde se guardam os papéis que vão sendo preenchidos. Surgiu uma necessidade urgente de organizar esse arquivo. Todos os papéis, assim de repente, tinham que ser alfabetizados e colocados em caixas para depois serem deslocados para o arquivo central. Ladislau ficou incumbido desse trabalho.

A segunda prova foi realizada e Ladislau também tirou positiva. O estágio estava feito, haveria agora um breve período para organizar tudo e os estagiários iriam ser colocados em definitivo num serviço que podia não coincidir com aquele onde estavam.

Neste arquivo Ladislau passava a maior parte do dia sozinho, mas aparecia um colega de vez em quando para trazer mais papéis. Trocavam dois dedos de conversa e surgiu novamente a sugestão que Ladislau devia pedir transferência para a direção. Lá não havia público, portanto não teria chatices, era um trabalho melhor. Ladislau hesitava, apesar de tudo gostava de falar com o público. Daqueles contribuintes mais regulares ainda arranjou um amigo ou dois.

Mas ele concorreu para as finanças com outra ideia para além de trabalhar em arquivo. Assim, considera a direção de finanças. Não se sentia muito realizado a arrumar papéis e resolve tentar a sorte noutro local. Aparentemente é melhor: colocam-no a analisar as impugnações dos contribuintes e na reprografia. Quando o funcionário da reprografia faltava era Ladislau quem o substituía e este funcionário faltava muito.

Faz o seu trabalho diligentemente, mas nunca recebe uma avaliação de serviço acima de suficiente (havia sempre algum pormenor a melhorar) e nunca subiu na carreira.

Para subir na carreira era preciso, para além da classificação de serviço, fazer provas a mostrar que continua a perceber dos impostos. Ora, quem corrige estas provas são funcionários que dependem de chefes, o júri das reclamações é constituído por chefes, os mesmos chefes dos funcionários que corrigem as provas, portanto, se houver erros e consequentes reclamações ao resultado da prova, é este júri, os chefes, que as analisam e, assim, fica tudo em casa.

As provas de Ladislau nunca eram muito boas e ele ainda reclamou duas ou três vezes até se convencer que não valia a pena.

O psicólogo avençado pelos serviços aparecia com regularidade apesar de Ladislau dizer sempre que não precisava de apoio psicológico.

Ao fim de uns anos, constatando que não sai da cepa torta resolve mudar de vida. Funda uma associação sem fins lucrativos e de solidariedade social. Em relação ao seu salário não havia problema, enquanto presidente não iria despedir-se a si próprio. E sente que o seu trabalho pode fazer diferença na vida dos outros.

A sua chefia tentou demovê-lo do seu propósito. Prometeu que iria contratar outro funcionário de propósito para a reprografia, que Ladislau iria ficar em definitivo só com as impugnações, não seria para já, mas iria acontecer. Até pediu ao psicólogo para fazer essa conversa. Ladislau estava decidido e demitiu-se.

Após alguns anos a trabalhar na associação de solidariedade, depois de dar emprego a jovens desprotegidos e depois de ajudar muitas pessoas com obstáculos, chega à conclusão que aquela gente das finanças não o merece: ao longo do tempo que lá passou esteve a dar pérolas a porcos.

O decisor

João não estava contente. Mas não podia dizer que estava infeliz. Simplesmente, esperava outra coisa. Dececionado também não era a palavra certa.

Foi sempre elogiado pela sua capacidade de análise, o seu raciocínio e a facilidade com que se dava com as pessoas. Tudo parecia indicar que estava destinado a escritório ou vendas, quem sabe, a área de segurança de pessoas. Mas não. Calhou-lhe ser manobrador de bulldozer. Não falava com pessoas mais que o indispensável, não planeava nada, não analisava nada. Não fazia nada que correspondesse aos elogios que recebeu durante toda a sua curta vida.

Contudo, ninguém reclamava do decisor. Ele fazia aquilo para que foi projetado e ninguém reclamava, não por as suas decisões serem consensuais, mas por evidenciar uma baixa taxa de insucesso, menor do que havia antes de ser projetado. Ou seja, ninguém reclamava, porque o trabalho era bem feito. Graças às suas decisões o desemprego estava em mínimos históricos e em consequência disso quase não havia criminalidade nem doenças com base no stress, burnout ou similares.

De facto, a sociedade parecia mais segura e mais próspera, a economia mostrava bons sinais há já muitos anos e podia dizer-se, com um pouco de otimismo e falta de modéstia, que a felicidade estava instalada no coração das pessoas.

O decisor funcionava apenas aos 18 anos. Era a idade em que os jovens terminavam o ensino secundário e o decisor decidia se estes iriam para a faculdade (e em que curso) ou qual a profissão que iriam exercer de imediato. O processo funcionava tão bem que já ninguém conseguia imaginar como era possível ter havido um tempo sem decisor e a sociedade não ter soçobrado. Por isso, admirava-se a capacidade dos pré-históricos em resistir através dos tempos até aos dias de hoje, agradecendo-se, ao mesmo tempo, a sorte dos que vivem hoje nesta sociedade bem planeada.

Mesmo as carreiras que não eram predeterminadas, como seja o caso dos políticos que concorrem a eleições independentemente das profissões e estudos que têm, funcionavam sem grandes queixas. Ou mesmo nenhumas. A corrupção era diminuta ou inexistente, pois todos tinham o emprego que os realizava e as aptidões para prosseguir na carreira, não havendo, portanto, necessidade de rendimentos extra para preencher desejos impossíveis de obter com o rendimento normal.

Até porque, tendo sido determinado que a sua profissão era aquela, ninguém estava à espera de ver um ecrã de 120 polegadas em casa de um pedreiro ou uma Zundapp 2 velocidades na garagem de um arquiteto. Todos estavam em paz com isso. Essas carreiras não predeterminadas eram ocupadas por pessoas que em dado ponto sentiam que podiam ser mais úteis ali ao mesmo tempo que mudavam de ares em relação à sua profissão predeterminada sem prejuízo algum para quem quer que fosse.

Contudo, a perfeição não existia. Os cientistas não conseguiam explicar por que razão existia uma elevada taxa de suicídios. Elevadíssima, mesmo.

O observatório

Era uma madrugada amena e limpa. Estávamos em maio. A temperatura exterior não era elevada ao contrário da do interior que irradiava um calor típico da juventude enlevada por sonhos ainda não destruídos pelo peso pragmático da realidade que as dificuldades trazem. O observatório estava apinhado. Costumam estar dois de serviço, hoje apareceu o que estava de folga para "dar uma ajuda". O telescópio, teimosamente, continuava a mostrar quatro pontos extras no espaço.

Normalmente as noites são calmas, o trabalho não é muito excitante, costumam estar dois astrónomos de serviço e se calhar um chegava. As atividades consistem em olhar para o espaço com ajuda de filtros. Procura-se a quantidade de estrelas, o seu brilho e as sombras que podem esconder planetas. O objetivo é encontrar um planeta com condições de albergar vida como a conhecemos para quando o sol morrer. E enquanto não os encontramos vamos mapeando algumas zonas do espaço com intenção de deixar às gerações futuras um trabalho facilitado caso precisem de voltar a passar os olhos por aqui.

Quando aqueles quatro pontos apareceram no telescópio não se ouviram sirenes a avisar de um ataque iminente, não soaram alarmes a clamar ajuda, nem apareceu a proteção civil a evacuar o edifício. Pelo contrário, também não apareceu a fanfarra a glorificar a descoberta.

Ao princípio foram confundidos. Supuseram-se estrelas, mas ao fim de pouco tempo notou-se o movimento milimétrico.

Procurou-se uma cauda para confirmar uma das outras hipóteses. Planetas não podiam ser, pois estes não têm brilho nem translação tão rápida. Se a translação tivesse esta velocidade já teriam aparecido antes, afinal, não estavam a observar aquela zona há duas noites.

O observatório costuma ser um lugar monótono onde tudo o que pode acontecer está previsto, não ocorre nada, nem sequer uma buzinadela, uma visita, nada, pois funciona de noite. Agora, o entusiasmo instalou-se. Confirmou-se duas vezes e três vezes e não se podia ter a certeza. Confirmaram-se os instrumentos. A lente estaria suja? Podia estar uma mosca a passear na lente? Mais provável, podia haver reflexo de outro corpo, de outra luminosidade?

Alguém podia vir a ter o nome na memória histórica e no mapa estelar. Era a maior realização a que se podia aspirar, os astrónomos não costumam ter o nome num cartaz ou uma legião de fãs a comprar os seus artigos.

Contactando com outros observatórios, perguntando por aquela secção em particular, houve mais quem visse. O que fazer a seguir? O protocolo não previa.

O observatório deixou de ser um lugar monótono.

O presidiário

Xavier observava o rasto de fumo e fogo que a nave trazia atrás de si. Os guardas vieram reaprovisionar a despensa, já haviam passado três semanas; mas, sem ninguém com quem falar, sem sítio onde estar, não havia necessidade de contabilizar os dias, assim, ficou a saber que passaram três semanas, mas não sabia dizer qual o dia exato no calendário nem sequer qual o mês.

Xavier estava a cavar o quintal e fez uma pausa. Ainda lançou mais umas cavadelas, mas sabia que não precisava da horta, eles traziam provisões, fazia aquilo só para passar o tempo, ficou, assim, à espera, olhando, aguardando a sua chegada ao barraco onde dormia e cozinhava. Também tinha ferramentas e alguns eletrodomésticos. Podia desmontá-los e montá-los, foi o que lhe disseram, para passar o tempo. Era uma reivindicação das associações defensoras dos direitos dos presos que tinha sido atendida.

Xavier sentou-se enquanto esperava. O espaçoporto era uma zona proibida, não estava autorizado a frequentá-lo, tinha todo o planeta para si exceto aquele bocado. Xavier cumpria; quando o trouxeram da nave não viu nada ali que lhe interessasse, não valia a pena arranjar conflitos por esse bocado de terra. Finalmente chegaram, dois guardas prisionais e dois auxiliares. Custava-lhe a falar, já não o fazia há três semanas.

— Bom dia Xavier.

Xavier abriu a boca, mas não saiu nenhum som. Pigarreou e tentou outra vez.

— Bom dia ou boa tarde. Já almocei por isso deve ser boa tarde.

— É só meio-dia e um quarto. Almoçaste cedo hoje.

— Deve ser todos os dias. Não tenho relógio, almoço quando me dá a fome.

— Pois. Não faz mal, parece-me. Desde que raciones a comida para três semanas, acho que não faz mal.

Enquanto conversavam os dois auxiliares iam movendo umas caixas com víveres para dentro do barraco sob a supervisão do outro guarda prisional. Era um ritual ao qual Xavier se tornara indiferente. O aprovisionamento era fixo, não o deixavam escolher nada e nunca lhe ocorreu confirmar o carregamento para ver se vinha tudo. Se faltasse a quem se ia queixar? Assim, tornou-se-lhe indiferente este ritual e aproveitava para falar com o guarda que sempre lhe dirigia umas palavras.

— Então, sr. guarda, tem novidades para mim?

— Tenho. O juiz não acedeu ao teu pedido de deslocação para uma prisão na Terra, ou outra, com pessoas. Tens de ficar aqui, mas ele determinou que podes ter medidas para atenuar a solidão.

— Não acedeu... — Xavier não conseguiu evitar uma cara triste e um decair na voz.

— Pois. O advogado disse que a decisão é passível de recurso. Entretanto o delegado de apoio ao presidiário também disse que vai pensar em qualquer coisa para te ajudar.

— Ajudar como? Estou aqui sem falar com ninguém, sem nada para fazer; só há uma maneira de ajudar, é arranjar-me uma prisão como há na Terra, com outros reclusos e trabalho diário. Assim como estou, vou dar em maluco.

— Eu compreendo, mas há juízes piores que outros. Talvez tenhas sorte com o recurso.

Xavier olhou para o chão e não disse nada. O guarda continuou:

— Para agora trazemos uma máquina de lavar que podes desmontar e montar para te entreteres. Onde tens a ferramenta, ainda está boa?

— Sim, isso também não se estraga assim de qualquer maneira. Quer jogar às damas?

— Desta vez não posso, temos dois funcionários de baixa e a minha rota é maior para incluir a deles e estou apertado de tempo. Fica para a próxima, está bem?

Xavier não respondeu. Também não tinha a certeza se faria diferença; três ou quatro jogos de damas e cinco minutos de conversa em três semanas eram um fraco alívio na sua solidão. O outro guarda entretanto veio juntar-se a este, já tinham descarregado os víveres, ficando prontos para continuar o seu trabalho. Não disse nada, mas trocou olhares com o seu colega.

— Bem, Xavier, temos que ir.

— Sim, está bem.

Os guardas afastaram-se voltando por onde vieram e Xavier ficou a observá-los. Já conhecia a imagem, não era a primeira vez, mas lá está, não tinha nada melhor para fazer, não tinha pressa nenhuma para ir ver a máquina de lavar que trouxeram. Viu as cores do jato da nave quando levantou, uma bola de fumo e fogo para impulsioná-la em direção ao céu. Um quarto de hora depois já nada se via, não havia rasto da nave. Se não fosse pelas prateleiras cheias não se daria por ter cá estado alguém. Xavier sentou-se como se fosse preciso meditar no que iria fazer no resto da tarde.

Passou o resto do dia assim, entre sentado e a agarrar uma qualquer ferramenta, eram assim todos os seus dias e este não seria diferente. Chegou à noite e foi deitar-se com o desaparecimento do sol. Levantou-se quando o sol começou a entrar pela janela e a incomodar-lhe os olhos. O duche e a lavagem dos dentes eram um ritual do qual não se desfez apesar de não haver ninguém para desagradar ou agradar. Era um hábito que trazia e dava-lhe uma certa sensação de normalidade, a higiene diária matutina.

Não sabia cozinhar muito e aqui já não tinha a sensação de normalidade. Na Terra tomava as refeições no restaurante ou daquelas pré-cozinhadas e não sentia qualquer prazer em aprender a cozinhar. Fazia uma omelete, um peixe cozido ou frito, um bife grelhado, mas repetia muito os comeres; não repetia mais porque os víveres que lhe traziam não o permitia, tentavam dar-lhe comeres variados como manda a boa nutrição.

Hoje pegou na máquina de lavar. Não lhe apetecia ir cavar a terra. Agarrou numa chave de fendas e depois de mirar por um bocado todos os parafusos, que não eram muitos, começou a desaparafusá-los tendo o cuidado de não os perder para poder voltar a montar a máquina a seguir. Não fez tudo de seguida, sem horário nem objetivo a cumprir, fazia pausas como se precisasse de meditar na atividade seguinte ou noutra coisa qualquer.

Havia de perguntar se podia pintar o barraco. Precisava de tinta, mas também um andaime para chegar perto do telhado. Devia ser o andaime o que traria a negação deles, não devia haver muitos disponíveis. Se se tivesse lembrado antes de desmontar a máquina de lavar, talvez a altura da máquina fosse suficiente para chegar lá acima. Enfim, de qualquer modo também não sabia se eles acediam. E por dentro do barraco? Teria que dormir com cheiro a tinta. Se calhar era melhor não pensar na pintura.

Os dias iam passando, Xavier fazia o possível para ter a mente ocupada, distraída da sua condição. Algumas vezes punha-se simplesmente a admirar o movimento do vento, as folhas que iam voando e passava assim algumas horas. O raciocínio não era preciso aqui, não havia solicitações que o fizessem pensar muito, por isso unicamente via o tempo passar. O vento, o pôr-do-sol; uma vez ou outra, quando acordava cedo sem razão aparente, o nascer do sol. Tinha todo o tempo do mundo.

Novamente a comitiva prisional veio ao fim de três semanas. Como sempre, traziam os mantimentos para Xavier sobreviver durante aquele período. Desta vez traziam um volume extra que Xavier não notou pois não tinha o hábito de confirmar a carga. Era um volume de dimensões maiores que aqueles que constituíam a carga, mas nem assim chamou a atenção de Xavier. O guarda dirigiu-se a ele e Xavier respondeu apesar de lhe custar a falar.

— Xavier, trago novidades para ti.

Após fazer um jeito no pescoço: — Sim? O que é? Trata-se do meu recurso?

— O teu recurso ainda não foi analisado, mas o delegado de apoio presidiário teve uma ideia que talvez te ajude a passar melhor o tempo.

Xavier não disse nada, pensou naquelas máquinas que eles trouxeram para desmontar; será que não compreendiam que isso não era suficiente?

— O delegado lembrou-se de adaptar um robô para falar contigo.

— Um robô? Para falar comigo?

— Sim. Anda ver.

Aproximaram-se os dois do barraco. À porta estava um robô, uma espécie de caixa sobre rodas com uma bola a fazer de cabeça. Esta bola tinha uma coluna sonora onde supostamente seria a boca.

— Olá Vintage. Este é o Xavier.

E realmente o robô falava. Disse numa voz metálica:

— Este é o Xavier. Olá Xavier.

Xavier disse:

— Ora, com os diabos. Arranjaram-me companhia, é isso? Alguém com quem falar?

— Exatamente Xavier. O delegado de apoio prisional pensa que assim passas melhor o tempo. Vintage, diz qualquer coisa ao Xavier.

— Qualquer coisa é um comando vago. Vintage precisa de um comando mais específico. — Respondeu a máquina com a sua voz de metal.

Xavier ficou contente como uma criança. Tinha um sorriso de orelha a orelha. Disse:

— Pode ser que resulte. Nós cá nos entenderemos. Vintage é o nome dele? E é só mandá-lo falar?

— Ele vai ficar aqui e depois contas-nos daqui a três semanas se isto foi bem pensado, hã, Xavier? — Disse o guarda.

— Agora temos de ir embora, está bem Xavier?

Xavier aquiesceu e ficou a vê-los partir como sempre fazia. Não tinha pressa em relacionar-se com o robô apesar de ter curiosidade em saber o que a máquina era capaz de fazer. Após visualizar a nave subir aos céus aproximou-se do robô que lhe trouxeram.

— Então tu falas?

— Vintage tem a capacidade de falar.

— Então e qual é o teu assunto preferido?

— Vintage precisa de um comando para dar resposta.

— Hããã, pois...

Xavier tinha dificuldade em falar devido ao longo tempo sem exercitar a fala, por isso, e por não ter ficado muito impressionado, ficou por ali no que respeita ao diálogo com a máquina. Agarrou numa vassoura e foi varrer o barraco. O robô virou-se como se o seguisse com o olhar, mas não saiu do sítio onde estava. Xavier fez outras atividades dentro e fora do barraco e o robô manteve-se no mesmo sítio, apenas se virando. Quando Xavier se deitou não lhe ocorreu que a máquina precisasse de abrigo e deixou o robô ali ficar.

No dia seguinte, fez o que tinha por hábito fazer ao acordar e só quando veio à rua se lembrou que agora tinha um robô para lhe fazer companhia. Disse:

— Então ainda aqui estás?

— Vintage está aqui. — Respondeu o robô.

— Sabes anedotas?

— Vintage tem o termo anedota no seu dicionário, mas Vintage não tem um exemplo na sua base de dados.

— Hãããa. Pois... — Respondeu Xavier. — Sabes alguma novidade do planeta Terra? Quem ganhou as eleições?

— Vintage tem o termo eleições no seu dicionário, mas Vintage não tem nenhum exemplo recente na sua base de dados.

— Pois claro...

Xavier continuou as suas atividades; começou por arrumar as ferramentas. Sabia que não faltava nenhuma, não havia ali mais ninguém que lhes mexesse, mas arrumava sempre a ferramenta num outro local apenas para se ocupar. Entre-teve-se com mais outras atividades, almoçou e finalmente resolveu voltar a interpelar o robô que se mantinha no mesmo sítio apenas rodando ligeiramente no seu eixo vertical.

— Vintage, sabes que a fábrica de computadores está a considerar mudar o comando «Press Any Key» para «Press Return / Enter Key» devido ao número elevado de chama-das a perguntar onde fica a tecla «Any».

— Vintage considera que essa é uma opção de gestão. — Respondeu o robô. Xavier abanou a cabeça levemente.

— Teremos que nos adaptar um ao outro. De qualquer modo é agradável ouvir outra voz. Agora presta atenção ao que vou dizer: à noite, enquanto o marido lia o jornal, a esposa co-mentou: «Os nossos vizinhos, o casal que mora aí em frente, parecem dois namorados. Ele, sempre que regressa a casa, tenho reparado, traz um presente e, de manhã, ao sair, dá-lhe sempre vários beijos. Por que não fazes o mesmo?» Responde o marido: «Querida, mas eu nem sequer conheço a mulher!»

— Vintage tem a definição de namorado no seu dicionário, mas esta definição não comporta o pedido formulado na tua frase.

— Pois, a tua definição está correta, a frase é que foi dita com duplo sentido. Não te preocupes.

— Vintage está satisfeito por ter a definição correta.

— Pois. Vou apanhar as folhas das árvores.

Xavier lá foi, fazia as suas atividades e intercalava com duas ou três frases com o robô. Passou assim o resto do dia e também os dias seguintes. Nem reparou que o tempo pas-sava e entretanto chegou o dia do retorno dos guardas prisionais. Xavier desta vez não se lembrou de olhar o céu a ver se via a nave. O tempo passou simplesmente.

E ali estavam eles, os guardas prisionais que traziam os mantimentos. O guarda que costumava falar com Xavier estava presente e, como de costume, interpelou-o:

— Então Xavier, isso vai?

— Não me posso queixar dadas as circunstâncias.

— Ótimo, ótimo. Então e o robô?

— Tenho falado com ele. Faz-me companhia. Não tem muito raciocínio, mas é agradável ouvir outra voz.

— Ainda bem que assim é. Embora, talvez seja por pouco tempo. O advogado pediu para te dizer que o processo baixou ao tribunal de 2ª instância.

— O que é que isso quer dizer?

— Significa que falta pouco para ser analisado, certamente que é isso.

— Ah. — Xavier não deu muita importância à informação. Já tinha passado tanto tempo que se cansou de esperar. As suas esperanças já tinham sido esmagadas antes.

Os dois auxiliares arrumavam os víveres sob o olhar do outro guarda prisional e este perguntou:

— Xavier, queres jogar às damas? Hoje posso dispensar dez minutos.

— Está bem. Vamos ver se hoje consigo ganhar.

— Pois.

Quando passaram os dez minutos o guarda avisou que iam terminar aquele jogo e ficavam por ali. Xavier sabia que era assim e deixou-se ficar a observar a sua viagem até à nave. Quando os viu a entrar na nave virou-se para o robô. Agora podia dizer comentários a alguém.

— Viste? Ainda lhe ganhei um jogo. Se jogássemos todos os dias com certeza podíamos jogar para a cerveja. Teria outro interesse.

O robô respondeu:

— Vintage não compreende o que é jogar para a cerveja.

— Pois. Tens a definição de jogo, tens a definição de cerveja, mas não consegues relacionar as duas. E se eu disser que podíamos jogar para o óleo?

— Vintage também não compreende como se joga para o óleo.

— Sim. Pois. Não és lá muito inteligente...

— Vintage tem um processador de 8MHz, um dos mais modernos. E uma capacidade de armazenamento de 256MB.

— Pois claro. O topo de gama...

O tempo foi passando e Xavier sentia que já não notava o tempo parado. O tempo já passava mais fluido, até se esquecia do local onde estava. É certo que ao princípio sentiu a falta dos seus hábitos, mas agora já tinha outros. E o robô fez diferença.

Xavier continuava a sachar o terreno, a podar as árvores, a desmontar e montar máquinas; continuava a ansiar por andaimes para pintar o barraco. Mas ele podia, agora, dizer o que tinha feito. Podia dizer o que planeava fazer amanhã. E recebia uma resposta, não necessariamente inteligente, mas era uma resposta. Era como se alguém estivesse à espera dele ao fim do dia de trabalho.

E passaram três semanas, os guardas vieram e foram, passaram mais três semanas, tudo igual às outras vezes, e voltaram a vir os guardas, e a ir, outras três semanas, novamente, tudo igual, o tempo foi passando, três semanas sucessivamente. Xavier ocupava o tempo com algumas atividades e falava com o robô nos intervalos da vinda dos guardas com as provisões. Ele sabia que tinha sido condenado, tinha que estar ali. Mas com o robô não se sentia completamente isolado. Já não ansiava pela vinda dos guardas para jogar às damas.

Até um dia em que há novidades. Os guardas vieram e aquele que costumava falar disse:

— Xavier, tenho uma novidade para ti. Boa.

— Boa? Faço ideia. O que é que vem aí?

— É boa. Vais gostar. O juiz aceitou o teu apelo e vais ser colocado no planeta Terra numa prisão com outras pessoas.

— Aaahhh. Pois. Agora já me habituei aqui. — Xavier parecia mesmo desapontado. Não sorria. — Então e o robô? Posso levá-lo?

— Não, claro que não. Não há lugar para ele naquela prisão. Ninguém tem um, por lá.

— Pois. Então não quero ir.

— Oh!? — O guarda ficou surpreendido. Não sabia o que dizer. — Queres ficar por aqui? Hã.

Continuaram a arrumar os mantimentos, o guarda não acrescentou mais nada e Xavier nada disse. Finalmente, despediram-se.

— Bom, adeus Xavier. Prepara-te, em princípio só voltamos cá mais uma vez ou duas.

Xavier repetiu com a cara séria:

— Eu não quero ir.

O guarda não respondeu e todos se foram embora. Xavier ficou a pensar no que lhe disseram, ficou a pensar no seu robô, não fez conversa sobre esse assunto, como se o robô percebesse, como se ele pudesse ficar chateado e preocupado também.

Passou essas três semanas apreensivo, não conseguiu ocupar-se devidamente. Os seus pensamentos fluíam sempre para o mesmo, não conseguia concentrar-se.

Os guardas vieram. Xavier desejava que pudesse ser diferente. Quando os guardas se aproximaram, um deles disse:

— Xavier, temos ordem para levar-te connosco hoje.

— Eu não quero ir. — Xavier respondeu com uma voz sumida, sem força. As lágrimas subiram aos olhos.

— Mas não queres ir, o quê? São ordens, tem de ser.

Desta vez os guardas não trouxeram os mantimentos. Em vez de dois guardas e dois auxiliares vieram apenas os guardas pois não era preciso descarregar nada. Xavier perguntou:

— Posso levar o robô comigo?

— Não. Temos ordem de levar-te a ti apenas. Nem precisas da roupa. Vamos daqui diretos para a outra prisão e lá irão dar-te a farda do estabelecimento.

— Mas, eu… não quero… ir… Não… quero ir. — Xavier falou aos soluços pois chorava. As lágrimas corriam pela face, mal conseguia respirar.

O guarda calou-se.

Adoção

O dia já tinha raiado mas o sol estava envergonhado pela bruma matinal e a obliquidade dos estores não ajudava. Luís pegou na cápsula e colocou-a na máquina. Enquanto bebia o café pensava no dia que se acercava.

Não iria trabalhar hoje. Ia adotar uma criança e este primeiro dia com ela iria ser mesmo só para ela. Para ambos. Para os três. Todos iriam começar a adquirir novos hábitos, por isso era importante ter o dia livre de preocupações externas. Apesar de estar tudo delineado não podia facilitar e deixar que os nervos se apoderassem de si.

Nestes últimos meses foi um périplo com a agência de adoção, a entrevista conjunta, as visitas, as entrevistas separadas, a escolha da criança, mas tudo, tudo correu bem. Até casou, não que isso fosse necessário, a lei não o exigia, mas casou, de qualquer modo já viviam juntos e queriam fazê-lo o resto da vida, porque não oficializá-lo?

Então porque se sentia tão ansioso?

Lembrou-se do dia em que leu a notícia no jornal. Não ligou. Lia o jornal quando estava disponível no café onde tomava o pequeno-almoço, e passou despercebida. A ideia não veio logo à superfície, foi só depois de ouvir comentários que começou a ganhar forma. As pessoas tendem a comentar o que não pertence ao seu mundo usual e foi assim que Luís se apercebeu que havia uma novidade com interesse para ele. A ideia começou a formigar.

O Henrique, quadrado como é, achou a ideia boa em intenções, mas adivinhou logo uma série de problemas e dificuldades. Por um lado, é bom, excesso de confiança pode levar a erros que deitam tudo a perder. Mas por outro lado, se for levado à letra, o pessimismo não deixa fazer nada: imobiliza.

Tendo presente este pessimismo, Luís foi amadurecendo a ideia. Finalmente, decidiu avançar e foi até à agência de adoção. Logo a primeira dificuldade, por onde começar, qual a primeira instituição a contactar, foi ultrapassada facilmente. O funcionário do instituto nem olhou para ele com atenção, respondeu, Luís apontou o endereço num papel e pronto, lá foi.

Na agência, a Dra Maria do Carmo atendeu-o com cara séria. Escutou-o, ouviu as suas intenções e depois falou o que tinha a dizer, não o deixando falar mais. Enumerou as imensas responsabilidades e dificuldades de cuidar de uma criança; enumerou também vários casos que ela conhecia pessoalmente, e outros que ouviu falar pelas suas colegas, de pais que não cuidam bem das crianças que têm, adotadas ou não. À medida que falava, ia perguntando se Luís estava a perceber o que dizia, se conhecia algum caso semelhante.

Ao fim de 45 minutos, deu por terminada aquela conversa quase unilateral, mas não o mandou embora, simplesmente. Disse-lhe para pensar bem no que estava a querer fazer e marcou outra reunião, frisando que não era obrigatório Luís voltar. Não precisava de dizer nada, que fosse pensar e podia aparecer ou não, o que era preciso era ter a certeza que adotar uma criança trazia imensas responsabilidades e dificuldades.

Luís ficou apreensivo, mas voltou na data marcada. Nessa altura já conversaram com tempo e calmamente. Apesar da Dra continuar com cara séria, em vez de um monólogo permitiu o diálogo. Falaram da infância de Luís, da sua juventude, as relações que já não mantinha com os seus pais e demais parentes, a religião que não praticava; o emprego do Luís, os seus horários e hábitos usuais, os amigos e conhecidos do dia-a-dia.

Era só conversa de chacha, mas Luís apercebeu-se que, de vez em quando, lá vinha uma pedra agitar as águas calmas: as responsabilidades, as dificuldades, os afetos, a imagem perante a sociedade, a imagem modelo para a criança, o tempo livre que deixaria de existir, a privacidade de cada um, as ideias preconcebidas, as de Luís e as de todos os outros, o dinheiro que iria encurtar...

Onde o tema permitia, mencionavam o cônjuge. A Dra fez questão de usar sempre a palavra cônjuge, apesar de não serem oficialmente casados. O casamento com papel assinado não era obrigatório por lei, o que é compreensível, pois o que não falta aí são divórcios, com ou sem crianças. Mas, ao usar esse termo, ela queria enfatizar que o compromisso era conjunto, havendo ou não um papel assinado na igreja (ou na conservatória, ou onde fosse).

Passaram dois meses e meio nisto. Conversa para aqui, conversa para ali, a Dra escrevia uns apontamentos sempre que achava necessário, dois meses e meio com a mesma conversa embora com palavras diferentes.

Quando Luís começou a desesperar, finalmente a Dra pediu uns papéis. Certidão de nascimento de ambos, declaração de rendimentos, morada oficial, essas coisas. Pediu também a certidão de casamento, nesta altura já Luís tinha oficializado a união; a conversa da adoção, mais que não fosse, fez-lhe ver que não queria passar o resto da vida sozinho.

E voltaram a passar mais uns meses em conversa. Agora com reuniões em conjunto e entrevistas separadas (Luís praticamente só fazia as reuniões onde estavam ambos os membros do casal, afinal, ao dar inicio ao processo fez as entrevistas individuais). Faltava confirmar se o desejo era mútuo, e isso comprovou-se, obviamente. Luís sabia bem com quem estava casado, de outra maneira nunca teria começado esta empreitada. Não é que não conseguisse fazê-lo sozinho, mas sabia bem como era mais difícil.

Ao fim de dez ou onze meses, quando Luís já pensava que devia ter dado ouvidos a Henrique quando adivinhou muitos problemas e dificuldades, eis que vem uma brisa de ar fresco: a Dra Maria do Carmo disse que ia enviar o processo para avaliação superior com a sua recomendação e, caso voltasse aprovado, podia começar a pensar como iria organizar a sua vida com mais uma pessoa em casa.

Luís não deixou os sentimentos crescerem, não queria que a esperança se convertesse em desespero, mas não é que o processo voltou com a assinatura aposta, não chegando a completar duas semanas depois desta conversa?

E hoje, finalmente, iria ser pai.

De caminho parou para comprar um brinquedo. Sabia que estava a criar maus hábitos mas não conseguiu evitar. Todos os pais são imperfeitos, mesmo os biológicos que diabo.

À hora marcada, a Dra Maria do Carmo estava à espera, com outra assistente social e duas funcionárias da creche. E a criança, claro.

Após os cumprimentos, mas antes de deixar pegar na bagagem da criança, a Dra fez questão de começar uma conversa com ênfase novamente nas responsabilidades advenientes. Luís não a deixou avançar muito. Não querendo interrompê-la, não queria ser bruto, aproveitou uma pausa para dizer:

— Tanto eu, como o meu marido, estamos bem conscientes das dificuldades e encaramos com a máxima responsabilidade as nossas novas funções de pais. Deixe-me dizer-lhe que o Henrique até previa a impossibilidade desta adoção se concretizar. Esteja descansada que ambos vamos dar o nosso melhor para educar esta criança. — Após uma breve pausa, com um sorriso: — O nosso filho, quero dizer.

A Dra Maria do Carmo fez um sorriso em resposta, e disse: — Foi com toda a profissionalidade que orientei o processo.

E continuaram a conversa, agora em tom mais simples. A criança ganhou os pais que nunca teve, e estes, por sua vez, estavam radiantes: agora podem celebrar o Natal e os aniversários como uma família completa. Se tudo correr bem, podem tornar-se avôs e ter uma família ainda maior.

Ainda não nos divorciámos, mas está quase

Esta é a minha mulher. Conhecia-a num bar de alterne.

Algumas pessoas preferem dizer esposa em vez de mulher. Em certas ocasiões acham que se deve dizer cônjuge. Eu não me preocupo com a palavra que usam para a nomear. Esta é a minha mulher, conhecia-a num bar de alterne e assinámos os dois o mesmo papel na igreja.

Quando visitei esse bar de alterne aproximei-me do bar para pedir uma bebida. A minha futura mulher aproximou-se também e pediu um copo de água. Perguntei-lhe o que estava ela a fazer ali e ela respondeu que "era motorista de camiões, as pausas na condução são obrigatórias e estava ali a fazer tempo para cumprir essa pausa na condução". Aahhh, disse eu.

De seguida disse-me que podia fazer uma pausa maior se por acaso eu quisesse pagar-lhe uma bebida. Eu aceitei pagar essa bebida, conversámos um pouco no decorrer dessa bebida, bebemos outra e mais outra; no dia seguinte voltei, tornei-me um cliente habitual daquele bar de alterne e passados 3 meses propus-lhe casamento.

Esta minha mulher sempre falou palavras elegantes e a sua personalidade é inigualável. Muitos a queriam, muitos a procuravam, foi comigo que casou. Ainda não nos divorciámos, mas está quase.

No outro dia, esta minha mulher atrasou-se e fui eu quem fez o jantar. Quase marquei a data do divórcio, quase, mas ela prometeu (e cumpriu) que lavava a loiça. Conseguiu adiar o divórcio. Por quanto tempo não sei; todos os dias acontece uma infelicidade e estou sempre à espera de marcar a data para essa cerimónia protocolar.

Um outro dia antes deste, a infelicidade foi obrigar-me a mudar a fralda ao bebé. Disse ela que estava a pôr a roupa na corda e precisava de aproveitar o sol. Olhei para os papéis que estavam na secretária, levantei os olhos para a janela que estava em frente, desviei-os para o bebé e quase marquei a data do divórcio, quase; mas esta minha mulher, quando acabou de pendurar a roupa, olhou para mim e escutou as minhas lamentações acerca da burocracia da câmara.

Escutou-me até ao fim e de seguida acrescentou ser eu quem tem razão. Disse estas palavras só para me afagar o dorso, eu sei, mas o que é certo é que ela acalmou-me e conseguiu adiar o divórcio. Por quanto tempo não sei.

E é por não saber essa data que fui às compras.

Parabéns por ter adquirido o TRONIX2001. A sua seleção foi a mais acertada pois o TRONIX2001 foi concebido e construído de acordo com as mais elevadas normas de qualidade existentes tanto no país como além-fronteiras. O objetivo do TRONIX2001 é colocar a sua vida nas suas mãos sem mais desconforto.

Com o TRONIX2001 vai conseguir limpar a casa sem esforço pois o TRONIX2001 também não quer mostrar esfregonas e vassouras aos olhos das visitas. O TRONIX2001 vai garantir-lhe a sua saúde sem cuidar da alimentação e sem ir ao ginásio. Não se preocupe em fazer dieta rigorosa, o TRONIX2001 vai fazê-lo perder o peso acumulado nas últimas festividades, já antes das próximas festas.

O TRONIX2001 vai aumentar o seu dinamismo e melhorar o seu metabolismo sem que realize esforços desnecessários à obtenção do seu objetivo. Com o TRONIX2001 vai perder a celulite e tornear as ancas como se conseguisse agora a sua juventude de volta. Com o TRONIX2001 vai ganhar o músculo que tanto deseja sem exercício físico.

Mais, com o TRONIX2001, a sua magnífica escolha, vai elevar o espírito sem ler a bíblia ou o corão pois o TRONIX2001 também não quer usar até estragar esses livros que ficam muito bem, arrumados, em qualquer estante. O TRONIX2001 vai permitir que leia sem organizar os livros em sua casa pois o lugar dos livros pertence à biblioteca lá na cidade.

Com o TRONIX2001 a vida das estrelas de cinema está aqui a um passo. Com o TRONIX2001 a vida dos seus sonhos está ao seu alcance. O TRONIX2001 traz a indicação da piscina ideal para si. Com o TRONIX2001 não precisa de esperar pelo fim de semana: por obra do seu TRONIX2001 todos os dias serão fim de semana.

Mais, a sua excelente escolha, o TRONIX2001 vai permitir-lhe receber juros sem fazer investimento. O TRONIX2001 não quer que perca tempo a fazer cálculos e a planear o futuro. Com o TRONIX2001 a fortuna dos grandes empresários não está só na lotaria, pode ser sua.

Não precisa de se preocupar em saber quem são os professores dos seus filhos. Os seus pais não vão arreliar-se com a escola dos netos. Com o TRONIX2001 todos serão doutores e engenheiros sem depender de professores.

É possível com o TRONIX2001, o seu parceiro em casa e na vida!

Foi uma excelente escolha que fez, a empresa felicita-o novamente pela sua preferência, pelo seu discernimento e tudo fará para garantir a sua satisfação.

Pode começar a usufruir plenamente do seu TRONIX2001 sem mais preocupações.

Após finalizar as compras nesta data retornei a casa.

Esta é a minha mulher. Conhecia-a num bar de alterne. Ainda não nos divorciámos, mas está quase.

Silêncio em três partes

1ª parte

[1] Eu falo, tu falas, ele fala, ela não fala, ela tem... Como é que aquilo se chama?

[2] Não digas aquilo. Se no teu caso é um falo, porque é que, em relação a ela, há de ser aquilo?

[1] Eu perguntei: como é que se chama?

[3] Vocês estão a falar de quê?

[1] Do falo.

[3] Sim, já falaste, mas disseste o quê?

[2] Este deve ser surdo.

[1] Não. Ele ouviu, só que não percebeu.

[3] Exatamente, eu cheguei agora e estou a perguntar o que é aquilo que estão a falar.

[2] Não se deve dizer aquilo, é desrespeitoso. Sabes que tem um nome.

[1] Aquilo é desrespeitoso.

[3] Estão a falar de quê?

[1] Começámos com o falo, passámos àquilo... Qual é o nome, já agora?

[2] Queres o nome técnico ou o nome comum?

[1] O que é que fica bem, se juntarmos o falo?

[2] Não sei se os dois juntos ficam bem. A origem é diferente.

[1] A origem não é importante, o que interessa é o uso que se lhes dá nos dias de hoje.

[2] A origem é importante, sim, o uso de hoje pode ser desvirtuado.

[3] Continuo sem saber do que vocês estão a falar.

[1] Vou buscar um dicionário.

[2] Enquanto procuras o dicionário, vou comer qualquer coisa.

[3] É preciso um dicionário para me explicarem o que é aquilo?

[2] Quanto a isso não sei, mas eu, quando falo, fico com vontade de comer. O pior é que, depois, apetece-me sempre um café e um cigarro.

[3] Tens uma boa solução: só comes quando for preciso e deixas de fumar.

[2] Quando for preciso? Não estamos a viver nos tempos da outra senhora.

[1] Vou então buscar o dicionário e depois voltamos a encontrar-nos aqui.

[3] Tu vais comer, tu vais buscar um dicionário... E eu? Fico a olhar?

2ª parte

O Natal é quando um homem quiser.

Não peço desculpa a mulher nenhuma: o Natal também é quando uma mulher quiser... se não telefonas é porque não queres.

O tempo em que estás a queixar-te do preconceito, do machismo, seja do que for, telefona. Se não telefonas é porque não queres... maricas!

3ª parte

A página que se segue está em branco de propósito e serve para apontamentos.

O objetivo é desapontar as certezas quando tiver certeza. Caso resulte dúvida também pode não apontar.

Apontamentos

A aposta

Num dia como tantos outros, Jánix estava na sala de controlo da nave, o que não tinha nada de especial, uma vez que era o piloto.

Pilotar uma nave é um trabalho solitário e aborrecido: a maior parte da condução do veículo é feita pelo piloto automático, a função do piloto extraterrestre é garantir que os sensores do piloto automático reconhecem corretamente quaisquer obstáculos imprevistos, e outras decisões, que não sejam as habituais, sejam tomadas com o devido discernimento.

A responsabilidade por qualquer acidente não é da máquina é do piloto extraterrestre. Ainda não há a possibilidade de levar os computadores a tribunal e colocá-los na prisão. Daqui resulta a necessidade de um piloto extraterrestre na cabine de controlo, mas o trabalho deste é apenas estar à espera de imprevistos.

Ora, este trabalho pode tornar-se monótono. Por isso Jánix agradece (mas não o diz) a presença do seu amigo Dimasicton quando é a sua vez de pilotar a nave.

Jánix e Dimasicton tiveram a sorte de serem vizinhos e crescerem juntos. Foram à mesma escola e fizeram quase as mesmas amizades, apesar de terem gostos e vocações diferentes. Um era mais dado às tecnicidades e o outro era mais dado às atividades coletivas.

Dimasicton entrou, olhou para o monitor enquanto dizia os bons dias e perguntou: — Qual é o planeta que tu dizes que é habitado?

— Não sou eu que o digo, é a Academia de Ciências quem o diz. É aquele ali. — Jánix apontou para o monitor indicando a zona que estava a falar, mas não havia nada de diferente ali em relação ao resto do ecrã. — Não sei porque vens nesta viagem se não sabes ao certo o que viemos fazer...

— Oh. Um intergaláctico profissional tem que fazer estas viagens, senão, não vale a pena exercer esta profissão.

— E porque escolheste esta profissão? Ah, já me lembro: falhaste os testes para a tua vocação.

— Não brinques com isso. É impossível ter estudado tanto, ter lido tanto, ter visto os filmes todos, enfim, toda uma vida a estudar para o meu sonho e não conseguir passar nos testes. Quem fez os testes é que não tinha ideia do que estava a fazer.

— Ah, pois... Aquilo funciona para toda a gente menos para ti, mas os testes é que estão errados.

— Para toda a gente? Até parece que mais ninguém falhou na vocação. Não brinques com isso, vá. Sei que somos amigos, mas isto não é assunto para brincadeiras.

— Lembras-te da vigilante que lá estava?

— O que é que tem?

— Ela é que podia ser um assunto para brincadeiras.

Normalmente Jánix conseguia fazer conversa sem expressar um sorriso, um defeito profissional inerente à sua vocação para as tecnicidades.

— Se a tivesse conhecido noutro lugar e noutra hora... A senhora até é simpática, mas não posso olhar para ela depois de falhar os testes que ela vigia, n'é?

— Não sei o que é que isso tem a ver. Não foi ela que fez os testes.

— Ainda assim... — Dimasicton não sorria, mas neste caso não era um defeito profissional — Continuas a lembrar-me do teste que me pôs aqui. Então e a tua habilidade para jogar Pong-Ping? Desististe dos treinos?

— Falta-me o tempo. Estas viagens não permitem.

— Pois claro.

Pong-Ping é um jogo muito similar ao snooker ou bilhar, só que, sem a mesa. Há uma dificuldade extra em colocar as bolas no sítio certo sem o apoio de uma superfície e das barreiras laterais. Curiosamente, Dimasicton era mais dado às atividades coletivas, mas Jánix conseguia ser melhor neste jogo.

Jánix insistiu: — Mas é verdade, tu sabes que é verdade, eu sou muito bom em Pong-Ping, tu sabes.

— Claro que sei, que ideia a minha falar no assunto.

— Tu perdeste várias vezes. Quase sempre, parece-me.

— Algumas vezes. Ninguém consegue ganhar cem por cento dos jogos.

— Olha, esse planeta que tu não sabes onde fica, e se calhar mais ninguém sabe lá na nossa vizinhança, eu consigo movê-lo com facilidade. Consigo colocá-lo perto daquela Anã fria. — Jánix apontou para outra zona do ecrã.

— Hum...? Com facilidade?

— Sim. Se consigo colocar a bola no outro lado do quadrante do jogo, com certeza consigo fazer o mesmo a este planeta. No fim de contas, é de uma bola que estamos a falar, embora o tamanho seja outro.

— Certo. Mas esse tamanho há de influenciar a tua técnica ou força, ou seja lá o que for. Não deve ser assim tão simples, e para mais, nem estás em forma.

— É. É assim tão simples. Estou em forma, sim senhor. Queres fazer uma aposta?

— Mas como vais fazer isso? É certo que o planeta é parecido com uma bola, mas ainda assim, as relações de atração e gravidade não são as mesmas.

— Tu não sabes jogar, não vale a pena explicar-te. Ficas a pensar que estou a cantar de galo.

— E estás! Vais usar o mesmo golpe?

Jánix suspirou e olhou para o painel de instrumentos.

Ofereceram a Jánix a possibilidade de ficar na Central de Planeamento de Viagens Interplanetárias em vez de pilotar as naves. Dimasicton não sabia disto.

Dimasicton continuou: — É impressão minha ou disseste que o planeta é habitado?

— Não fui eu quem o disse, foi a Academia de Ciências. O que é que isso interessa?

— Não sei se me sinto à vontade com a destruição de um planeta habitado. Que espécie de habitantes tem?

— Não interessa. A Academia de Ciências não aconselha visitas àquele planeta, diz que está poluído e pode causar problemas de saúde no longo prazo. — Após uma pausa, virou a cara para o amigo: — E depois, tu nem sabias que este planeta existia. Nunca te fez falta até aqui.

Dimasicton olhou para o monitor e deixou-se estar calado por um minuto ou dois. Era verdade, até ao início desta viagem não sabia da existência deste planeta.

— Estás a falar em mover um planeta com habitantes. Vais tirá-lo do equilíbrio no sistema em que está inserido, vais colocá-lo noutro local. Para além de desequilibrares todo aquele sistema solar, já pensaste se os habitantes sobrevivem nesse novo local?

— Não. Mas isso não é importante. Ninguém conhece a existência desse planeta.

— E o sistema solar em que esse planeta está, é conhecido?

— Acho que não. É o único planeta habitado ali.

— Portanto, ninguém dará pela falta desse planeta. O que é que eu ganho com o assunto? O que é que tens para oferecer?

— Ofereceram-me um lugar na Central de Planeamento de Viagens Interplanetárias. Tu tens aquela coleção de fotografias dos campeões do ano passado. Podemos apostar isso.

Dimasicton fez um sorriso e abanou a cabeça para um lado e para o outro. Conhecia suficientemente bem Jánix para saber que este não gostava de estar confinado ao mesmo espaço em que estava a ex-namorada. Era uma desvantagem dos testes vocacionais: a profissão era a certa para ele, mas os testes não levavam em conta a quantidade diminuta de locais para exercê-la.

— Apostar como? Fico eu no teu lugar junto da tua ex-namorada?

— Sim. Tu não gostas destas viagens. Podes aproveitar e ficas perto de casa.

— E também fico perto da tua ex-namorada em vez de seres tu.

— Sabes bem que, nesse aspeto, eu até pagava para ficar longe.

— Tenho que pensar. Estás a falar da coleção que está autografada, certo? Não sei se ficar perto de casa vale essa coleção.

— Claro que vale. Tu nem sabes para onde vamos ou o que vamos fazer. Trocas a coleção por um lugar sossegado e familiar. Se ganhares ficas melhor — Aqui, alterou o tom de voz e conseguiu fazer um sorriso: — Digo eu...

Dimasicton percebeu o sorriso e o tom de voz; afinal, eles cresceram juntos. Respondeu: — Não estou a ver como vais dar a volta às tais relações da atração e gravidade. Eu ganho caso não consigas destruir o planeta?

— Sim.

— Estás muito confiante. Então e as estrelas e outros planetas que ficam no caminho?

— É como disse: tu não sabes jogar, não vale a pena explicar-te.

— E se eu te impedir de o fazer?

— Tu nunca conseguiste jogar Pong-Ping como deve ser, sabes lá como impedir isso. — Voltou a sorrir e a olhar diretamente para o amigo. — Mas as apostas são assim mesmo, tu queres uma coisa e tens fé nas probabilidades. Queres apostar ou não?

A guerra

Diziam eles que no longo prazo a economia tende para a estabilidade... No longo prazo rebentou a terceira guerra mundial.

Sem bomba atómica. Quem começou a guerra não a tinha, quem se juntou depois foi forçado a um acordo de cavalheiros onde prometia utilizar apenas os meios bélicos convencionais que, entretanto, já eram muito mais sofisticados com os drones, os tanques com GPS e os aviões superautomáticos. A frente da guerra era em todo o lado pois com os drones tentava-se atingir a população que trabalhava no esforço de retaguarda. Mulheres e homens, todos eram chamados ao recrutamento obrigatório desde que tivessem boa condição de saúde.

Não era o caso de Filipe. Quem olhava para a sua estatura média e constituição a cair para o forte nunca diria que devido a uma bronquite não pôde engrossar as fileiras militares. Ficou livre de lutar na frente, mas com a sua inaptidão para os computadores também não foi chamado a ajudar o esforço na retaguarda. Ficou sem emprego pois a fábrica onde trabalhava foi reconvertida para produzir munições e ele não se ajeitou com aqueles automatismos e computadores. De qualquer modo, com a informatização não é necessária tanta mão-de-obra, para mais com dificuldades, e dispensaram-no ficando assim sem nada que fazer tanto em termos militares como em termos civis.

A situação não era fácil. Um país importador com pouca produção própria ficou sem recursos para essa pouca produção e sem corredores para as viagens de abastecimento da importação. Com a pouca produção de bens alimentares havia racionamento com filas para os poucos supermercados que restavam, para o pão, para um simples café. Com este racionamento os preços aumentaram no mercado negro. Quem trabalhava agora nas atividades civis eram os mais velhos pois todos os jovens estavam afetos à atividade bélica. Jovens na vida civil só os incapazes para o serviço militar como acontecia com Filipe.

Para além de não participar na guerra nem ter emprego, Filipe também não tinha amigos pois todos eles foram recrutados e colocados longe de casa. A luta que as mulheres travaram pela igualdade de género levou a que elas também tivessem sido recrutadas obrigatoriamente. Os únicos limites eram a idade e a saúde. Assim, Filipe viu-se sem ninguém para lhe fazer companhia incluindo a sua esposa que morreu sob ataque inimigo deixando-o com uma filha adolescente.

Filipe sentia-se sozinho e desamparado, não pela morte da ex-mulher, mas desde que ela o deixou para servir a pátria. A sua filha não ia à escola pois os professores foram recrutados também e aqueles mais velhos foram colocados a ensinar o ensino básico às crianças. Era entendimento geral que os adolescentes deviam assumir outras responsabilidades, mas Filipe não fazia a mínima ideia do que andava a sua filha a fazer, tudo o que sabia era que ela andava por aí até tarde entrando em casa de madrugada.

Os seus pais e sogros tentavam ajudar com as refeições e tentavam incutir algum juízo naquela mente, sem sucesso, e mais não podiam fazer devido à idade que carregavam. Tinham dinheiro para fazer as compras, mas não tinham a saúde para esperar nas longas filas do racionamento, assim, quando podiam convidavam a neta para uma refeição e tentavam falar com ela, mas é difícil incutir juízo numa mente adolescente, tão emotiva, tão cheia de certezas.

A filha de Filipe ambicionava vingar a mãe. Como adolescente que era encontrava para tudo uma resposta fácil e evidente. Culpava esta guerra pelo afastamento da mãe e culpava o lado inimigo pela sua morte e por ter provocado a guerra em primeiro lugar. Estava desejosa de ter a idade mínima para se voluntariar, talvez por isso chegasse tarde a casa, mas o facto de não saber o que ela fazia e com quem o fazia perturbava o pai acrescendo esta preocupação à falta de rendimentos, à falta de bens de primeira necessidade e à falta de amigos.

Na sua demanda por emprego surgiu uma oportunidade: com tantos mortos na frente era preciso um coveiro. Filipe aproveitou a vaga pois aqui não havia computadores nem a concorrência dos mais velhos que não tinham o vigor físico necessário. Não era o caso que Filipe tivesse muita aptidão para este emprego com o seu problema nos brônquios, mas sendo novo conseguia disfarçar este problema.

No seu trabalho como coveiro assistia a muitos funerais. Presenciava pais e mães a chorar enquanto maldiziam a guerra insensível e cega. Num desses funerais conheceu uma mulher que enterrou o marido. Era nova e não foi recrutada por ter um bebé a cargo. Apenas o marido foi para a batalha e voltou agora dentro de um caixão. Filipe procurou confortá-la como fazia em todos os funerais, mas neste caso também ele passou pelo mesmo e sabia que não havia palavras suficientes para remediar a dor e confusão sentidas neste momento.

Esta senhora interessou-se pela história de Filipe talvez por serem tão similares. Filipe desejou não ter sabido nada, afinal não precisava que lhe recordassem as suas dificuldades. Todos os dias sentia a falta da sua ex-mulher e uma história tão similar apenas trazia recordações. No entanto criou-se uma afinidade. Filipe estava todos os dias no cemitério por razões profissionais e a senhora vinha visitar a campa do seu marido e conversavam. Era uma ilusão pensar que juntos ultrapassariam esta adversidade.

Ficou a saber que o bebé passava dificuldades graves que o podiam levar à morte por má nutrição. Era consequência destes tempos, o racionamento não escolhia idades. A mãe tentava tudo, mas o mercado negro era muito caro, até a ama pedia muito dinheiro sem prometer comprar nada para o bebé, e ela era obrigada a trabalhar mesmo sabendo que o salário não chegava para as necessidades.

Num desses dias em que assistia a um funeral Filipe viu a sua filha. Morreu o pai de um dos seus amigos e ela estava ali a apoiá-lo. Apresentou os seus sentimentos como fazia sempre e tomou conhecimento então que a sua filha trabalhava na clandestinidade. Não podiam pagar-lhe porque não tinha a idade legal, mas davam-lhe qualquer coisa. Ela continuava desejosa de se voluntariar e por esta razão não a preocupava a ausência de um contrato legal.

Após esta constatação Filipe falou com a sua filha. Esperou por ela até de madrugada, mas não teve sucesso na conversa. As ideias estavam feitas, agora a filha ainda tinha mais certezas: ela e o amigo iriam vingar a morte dos progenitores. Filipe suava com a ideia de perder também a filha.

A senhora que conheceu no cemitério não serviu de consolo pois o bebé morreu como se previa e a mãe, agora sem ninguém a cargo, foi recrutada estando também na frente de guerra. Filipe tentava fazer a sua vida. Ia para o cemitério, fazia compras todos os dias e às vezes não trazia o que precisava, vinha para casa aonde ninguém o esperava.

Um dia Filipe decidiu comprar uma pistola. Em tempo de guerra a venda deste tipo de material estava mais facilitada e ele conseguiu comprar a arma, não foram precisos muitos dias. Quando a comprou, nesse mesmo dia, à noite, em casa, escreveu uma nota à filha, apontou o cano à sua têmpora direita e apertou o gatilho.

O céu está cheio de estrelas

Tempos atrás, não muitos, o sol desceu até mim. Iluminou a minha vida, deu-me calor, luz, alegria e esplendor. Fez-me sentir outro, mais vivo, mais humano, mais natural, fez-me sentir que fazia parte deste globo onde vivemos todos juntos e alegrava-me por isso: sentia-me um oásis para partilhar com outros, para elevar, para aumentar esta alegria; queria entregá-la ao mundo, queria que todos conseguíssemos mais, sempre, sempre mais.

Era um sol lindo, de cabelo e olhos castanhos, com palavras bonitas, gestos verdadeiros e preocupações sinceras. Gostava da sua presença, pois conseguia viajar até ao céu através da sua beleza e sinceridade; conseguia estar bem, sem pensar em nada mais que não fosse o presente; acreditava no futuro, risonho como nós, tão próximo que parecia humilde.

Inesperadamente, esse mesmo sol queimou-me, esturrou-me, eclipsou-me, consumiu o meu sangue, retirou-me a vontade e o rumo. Tornou-se num sol como de agosto às duas da tarde, em paragem de autocarro, um sol que queima as plantas logo após terem sido regadas. Queimou-me, como se fosse um agiota a reclamar o prazer que antes me deu.

Largou as palavras bonitas, disfarçou os gestos sinceros, esqueceu as preocupações, renunciou a comunicar, a conversar, a prevenir quando estava de mau humor, a afastar com firmeza e carinho, a lembrar o chapéu esquecido...

Negou todo o passado e odiou o presente.

Pergunto-me quantas almas irão perder por culpa de uma só. Agora é difícil, senão mesmo impossível, olhar com a mesma candura para a princesa que me abordar, quem sabe, talvez também ela à procura da criança que já antes fui. O medo é a intuição que me guia, a dor, a única memória que me resta, o sol encandeia-me sempre, sempre.

É difícil voltar a confiar, sim, a confiar, pois é de confiança que estamos a falar, esse sentimento que, uma vez retirado, é difícil repor. Como os animais, nós também não gostamos de ser enganados e, uma vez que isso aconteça, já não conseguimos obter discernimento para voltar a entregar de novo o nosso ser. Depois de nos escaldarmos com água, já não sabemos reconhecer qual é a fria e qual é a quente e passamos a sofrer cada vez mais... Até quando?

É impossível entregar o coração inocente como antes, sucumbir sob as vontades de um sol constantemente abrasador que desmerece a partilha. E, no entanto, é triste ter que o fazer, sem poder optar. Todos gostam de confiar, entregar-se de corpo e alma, comungar o que têm e o que não têm, chorar as tristezas, rir as alegrias, viver a vida em conjunto ou em partes. Mas é impossível. É impossível porque todos tapamos os olhos para evitar encarar o sol de frente.

Que fazer para evitar o deserto? Não voltar a confiar será um ato de esperteza ou apenas mais uma ferida, tão sofrida e dorida como a que provocou esse mal-estar? Será o contrário um ato de sabedoria, pois a esperança é a última a morrer? Podemos nós ter alegria e esperança quando o nosso mundo, e nós próprios, somos destruídos, por prazer, por divertimento, por ignorância? Conseguiremos desejar a felicidade?

Vagueio durante o dia à procura de uma sombra, de um outro ângulo, onde o sol seja mais ameno, e cresce-me um desejo: gostava de ser um sapo, dentro de um charco, à sombra de um nenúfar, vendo o tempo passar. Qualquer sapo consegue viver cada dia pelo prazer desse dia; o passado que tem transforma-se na experiência acumulada e o futuro não é mais que o momento seguinte. No fundo, no fundo, consegue ser mais feliz que os humanos.

Tomo uma decisão: vou ser feliz! Vou transformar-me em sapo; e só vou deixar que me beijem as princesas, ninguém mais.

Mas como sapo tenho que abrir os olhos e olhar para cima, forçosamente... Oh, tantas estrelas! Tantas, tantas, tantas... Grandes, pequenas, cadentes... Afinal não é só o sol que é bonito, o luar não encandeia.

Vou olhar para o céu e procurar vida nas estrelas; certamente alguma retribuirá a minha admiração, mais não seja por permanecer sempre no mesmo lugar onde possa venerá-la.

Qual sapo, qual quê, vou antes comprar um telescópio, isso sim!

Como eu nasci

Quando a minha mãe engravidou, os médicos não notaram nada de especial. Fui o primeiro dela, por isso seria de esperar que tivesse dúvidas. Mas não teve. A mãe dela, a minha avó, teve 11 filhos, a minha mãe não teve dúvidas nenhumas; colocou-se nas mãos dos médicos à vontade.

Os médicos, esses, confiaram que esta seria mais uma gravidez como tantas outras, fizeram as ecografias e nada mais. Só que não foi uma gravidez como as outras. Apareceu-me um defeito na cara ainda antes de ter nascido. E também na fala, mas este só se notou depois. Tantos exames que podiam ter feito, tantas correções que podiam ter tentado. Enfim. Só no parto é que viram.

Quando eu nasci estavam cinco pessoas na sala de partos: a minha mãe, duas enfermeiras, um médico e o meu pai. O médico era novo, devia ter acabado agora o colégio da especialidade. Uma das enfermeiras era muito simpática, explicava tudo à minha mãe. A outra enfermeira era mais calada, fazia o que tinha a fazer, não dizia nada. O meu pai, esse, estava lá para dar apoio e para filmar.

No momento do nascimento, o médico não chegou a retirar-me até ao fim. Eu nasci primeiro de cabeça, como é normal, e o médico assim que me viu, desmaiou. Eu era tão feio, tão feio, tão feio que o médico desmaiou de susto. O meu pai deixou cair a câmara de filmar e ficou de boca aberta. Nunca tinha visto um bebé com uma cara daquelas, vejam só. Nunca viu um defeito como o que eu tinha na cara.

A minha mãe ouviu um estrondo, não estava a perceber o que se passava e exaltou-se. A enfermeira simpática assumiu as funções do médico com a ajuda da enfermeira calada. A enfermeira simpática deixou de explicar tudo e a enfermeira calada passou a ser simpática: olhava e sorria para a minha mãe.

Assim que foi cortado o cordão umbilical, a enfermeira simpática, que já não era simpática, levou-me para outra sala. A enfermeira calada, que passou a ser simpática e sorria para a minha mãe, dizia 'está tudo bem' enquanto a amarrava à cama, pois ela queria levantar-se imediatamente e ir ver-me. Gritava que nem uma desalmada: 'Mas o que se passa com o meu bebé? Porque levaram o meu filho? O que se passa?'

O médico que tinha desmaiado acordou. A minha mãe diz que o estrondo que ouviu foi uma das enfermeiras que se borrou; o ar ficou preenchido com um cheiro muito insuportável e foi por isso que o médico acordou. Sabem quando vamos de carro com as janelas abertas e passamos perto de uma quinta com animais?

Ele levantou-se do chão, não disse nada, foi à outra sala exercer o seu dever profissional e passado um bocado trouxeram-me para a minha mãe me ver e ela diz que tudo o que viu foi apenas os olhos, só reparou nos olhos tão bonitos.

Diz ela que só reparou no meu defeito na cara muito depois. O meu pai, desde que deixou cair a câmara de filmar, não disse nada nem sequer se mexeu; não tem a certeza se fechou a boca. Quando me trouxeram ficou apreensivo pela reação da minha mãe, mas continuou sem dizer nada, apenas suspirou de alívio quando a minha mãe sorriu.

E pronto, foi assim que eu nasci.

Ah! E não há imagens, pois claro. A câmara ficou lá no chão. Ninguém mais se lembrou que alguém tinha trazido uma câmara de filmar para a sala.

Não estou gordo

Custa-me a dobrar. A minha barriga está tão saliente que se transformou numa boia que não dá para ir à praia. Como qualquer boia que se preze não se deixa dobrar enquanto não esvaziar e assim vejo-me em dificuldades para chegar aos pés. Ou aos papéis.

No outro dia deixei cair uma nota de 20 e estava a ver que tinha de dar uma gorjeta a alguém para a apanhar. Eu dava 20 euros a alguém que me seguisse o dia inteiro só para apanhar coisas evitando que eu me dobre. Mas onde está esse alguém?

O meu problema não é dinheiro. Aliás, esse é que é exatamente o problema. Eu posso pagar (e comer) uma pizza grande, um frango inteiro, uma dose extra de batatas fritas ou, por outro lado, uma dobrada com feijão, um bacalhau à Gomes de Sá, uma carne à alentejana. Tudo em doses, travessas, menu grande, não há cá pratos do dia. E depois (antes também) dá-me a fome e apetece-me trincar qualquer coisa.

Até calha bem, os médicos mandam comer de três em três horas; ora aí está. É bolas de Berlim, pirâmides, empadas e folhados de carne com cogumelos. A senhora do café já me conhece, costuma ter os folhados quentinhos e guarda-me sempre uns bolos ao fim do dia.

Eu gosto muito da senhora, é tão simpática e sorridente. Mas ao mesmo tempo tenho pena dela, é tão magrinha. Parece que não come para dar aos outros. Ou vender, neste caso. A mim faz-me sempre desconto, não é que eu não possa pagar, eu posso, a senhora é que é mesmo simpática.

E não tenho problemas de dinheiro porquê? Porque a minha roupa é feita a partir de lençóis. A roupa de pronto a vestir só me serve o XXXXL dos alemães, mas esses são caros e então agarro num lençol e faço a minha roupa numa costureira. De um lençol faço um fato, só preciso de comprar os botões e o fecho das calças.

Já nem há cintos para o meu diâmetro abdominal. Só tenho de comprar as cintas por causa da celulite, eu que sou homem também tenho pele tipo casca de laranja. E as coxas não se separam quando estou a caminhar, pareço um cowboy que acabou de descer do cavalo e ainda vem de pernas abertas.

Além de não me conseguir dobrar, os pés já me doem quando caminho. Se preciso de ir a algum lado vou de carro, se não houver lugar para estacionar, não vou. Por exemplo, eu podia ir de comboio para o meu emprego, mas como a estação fica a 100 metros do estacionamento vou de carro. Já experimentei ir de bicicleta, mas depois de rebentar dois pneus, desisti.

E além disso, também me falta o fôlego para correr e apanhar o comboio. Aquelas escadas que eles têm agora! Porque é que o pessoal se deixou atropelar ao atravessar a linha? Agora sou eu que pago, não é verdade? Os elevadores estão sempre avariados... Também é verdade que, se eu me metesse à frente do comboio, esse comboio já não ia a mais lado nenhum sem ser a oficina.

Quando me ponho a correr tenho de segurar a barriga com as mãos para não saltar para cima e para baixo como as mamas das mulheres. Eu até nem corro muito depressa porque tenho medo que as minhas articulações não aguentem. Penso que corro um risco extra de fazer entorses nos pés. Podia ir ao ginásio fazer preparação física, mas tanto peso em cima dos pés e joelhos, a correr e a saltar, não deve ser bom. Ou flexões em cima dos pulsos, também não deve dar resultado. Parece-me que é melhor estar quieto.

Estou tão convencido que é melhor estar quieto que nem faço sexo. Há já vários anos que não procuro mulher e estou convencido que é o melhor. Se me dá qualquer coisa durante o ato deve ser difícil tirar 140kg de cima. É certo que ela pode empurrar, mas eu não sou exatamente redondo, penso até que estou a ficar quadrado. E também é certo que ninguém quer um abatimento no chão ao lado da cama...

De qualquer modo, quando estou no duche já não vejo o meu dim-dim. Eu sei que ele está lá, todos os dias de manhã lembra-me que tenho de o segurar e apontar. Mas já não o vejo. Também não importa, qualquer dia deixa de fazer falta. Se estivesse com uma mulher provavelmente não chegava lá por causa da barriga.

O que faz falta é uma mota tipo scooter como se vê nos filmes americanos. Nesses filmes os velhotes andam numa espécie de scooter elétrica por dentro de centros comerciais, no aeroporto, nas ruas, no hospital, em todo o lado. Isso é que fazia falta.

A culpa é do governo. Colocou-me a trabalhar sentado e não deu ao meu patrão uma compensação para eu ir ao ginásio. Ora, como é que alguém vai ao ginásio a horas decentes? A seguir ao trabalho vem o jantar, não é verdade? Se uma pessoa não come e vai trabalhar acaba por morrer de fraqueza. Portanto, quem tem tempo de ir ao ginásio fora do horário de expediente?

Dizem que os gordos dormem mal e ressonam mais e parece que é verdade. Eu acordo de 20 em 20 minutos porque ouço-me a ressonar. Já experimentei adormecer com a música ligada, mas não adianta, assim que adormeço ouço o ressonar e acordo. Depois, durante o dia, não há café que chegue, é uma chatice.

Eu não tenho frio porque tenho uma camada de gordura a envolver-me, mas os cafés que tomo são tantos que tremo de maneira que nem consigo segurar uma caneta com os meus dedos sapudos; por outro lado, quando escrevo no computador sou tão rápido que quando chego ao fim do texto ainda o LibreOffice está a escrever o título.

Não tenho frio, mas tenho calor. Esta camada gordurosa, quando chega o verão, dá em produzir tanto suor que me obriga a tomar três banhos por dia. Torna-se complicado arranjar intervalos depois das refeições para fazer a digestão. É que nem preciso de dieta.

Logo por sorte não sou diabético, nem tenho o colesterol alto, nem os triglicéridos altos ou seja o que for. Isto é sinal que não estou gordo, sou antes forte, tenho uma estrutura larga. Ou seja, sou forte. Não tenho os abdominais desenhados na barriga, mas isso não significa nada, não devo precisar de preparação física. Afinal, os ginastas podem ter mais fôlego, podem correr mais rápido, podem aguentar mais tempo, mas não devem ter a força que eu tenho. Sou mesmo forte. Qualquer dia vou à praia tentar engatar uma miúda.

(Só vou mesmo engatar miúdas, se for ao banho tenho medo de ir ao fundo).

O vírus

Foi a pior crise que a humanidade já viveu. Morreram tantos, velhos e jovens, doentes e saudáveis, em quantidade tal que não se idealizava outra coisa que não fosse a extinção da espécie humana. Mas tudo se resolveu. Aparentemente.

Foi no final do ano que apareceram os primeiros casos. Ninguém ligou. Era lá longe e a medicina estava avançada, não havia necessidade de criar o pânico. Erro grosseiro. Quando no ano seguinte encararam a sério a ameaça já era impossível de a confinar. O vírus estava no globo inteiro.

Por esta altura os cemitérios ficaram cheios. As campas tiveram que ser dispostas como estantes, como os apartamentos, umas por cima das outras, pois não havia espaço para tantas urnas nem tempo para procurar novos terrenos para preencher. Estes tinham que servir.

Não havia tempo nem disponibilidade. Era preciso cuidar dos vivos, daqueles que estavam infetados e dos outros que não queriam estar. Estes eram cada vez menos pois o cansaço apoderou-se das pessoas e relaxaram nas medidas de prevenção. As luvas não eram práticas no inverno e eram quentes no verão. As máscaras no inverno ficavam humedecidas, no verão arranhavam com o suor. A distância entre as pessoas era inibidora. A população cansou-se com o tempo. O ser humano é gregário naturalmente. As pessoas esgotaram psiquicamente. Quem aguenta viver assim?

E continuava a ser preciso manter as atividades diárias. Os canos continuavam a rebentar e a necessitar de reparação. Mas o canalizador, com medo de ser infetado, precisava de usar luvas e máscara. O eletricista também. As pessoas precisavam de continuar a alimentar-se, a vestir-se, continuar a ganhar dinheiro para pagar despesas. Precisavam de coisas que já não eram fornecidas nos mesmos termos. Precisavam de continuar a viver, não podiam isolar-se por completo.

Assim, a infeção continuava. Mas nem todos morriam. Havia até aqueles que não mostravam sintomas. Podiam espalhar a infeção sem saber, mas não sentiam nada. O que era pior pois eram obrigados a fazer uma quarentena estando com genica para fazer atividades. Foi complicado.

Os hospitais estavam de mãos cheias e não conseguiam tratar outras doenças. Morreram muitos outros por falta de assistência em áreas que não pertenciam ao vírus. As constipações continuavam, os asmáticos não desapareceram, nem os diabéticos, nem o cancro; havia quem partisse uma perna ou sofresse um ataque cardíaco. Morria-se por falta de tratamentos simples.

O emprego ressentiu-se pois não se podia permitir trabalhos em que houvesse contacto físico entre as pessoas. Ordenou-se o teletrabalho, mas este não produz tanto. As empresas não queriam investir nestes termos. Sem se poder vender a uma quantidade razoável de clientes não era preciso fabricar a mesma quantidade. Já não eram necessários tantos operários fabris nem tantos vendedores. Assim, veio o desemprego. Veio o desinvestimento. Veio a recessão económica com todas as suas consequências.

As pessoas desanimaram. Mas apareceu a promessa de uma vacina. Então animaram. Criou-se paciência. A esperança fazia suportar o isolamento, a cara escondida, as mãos sem tato. E a vida foi andando.

Até que finalmente apareceu a vacina. Agora só faltava aplicá-la nas pessoas. Aos milhares de cada vez. Parecia uma tarefa fazível, estava, portanto, a situação resolvida. Em questão de uns meses estaria resolvida. Essa era a imagem que passava.

Pura ilusão. Havia sequelas da infeção. Aqueles que não morreram ficaram com sequelas que não se sabia se seriam permanentes. E os infetados foram muitos, foram milhões pelo mundo fora.

Não havia marcas físicas. Ninguém conseguia olhar para outra pessoa e dizer se este tinha estado infetado. Havia sequelas físicas, mas não eram visíveis. Havia sequelas psicológicas também. Mesmo quem não foi infetado ficou com medo, com ansiedade.

Uma das sequelas que ficaram era a infertilidade. Quem ficou infetado não conseguia procriar. Estávamos vivos, tínhamos sobrevivido, mas não conseguíamos dar continuidade à espécie.

Uma guerra devastadora não teria feito melhor. O vírus venceu-nos a todos no final de contas.

A profissão

António não se sentia realizado com a sua profissão. Fez um curso superior em gestão e o emprego que arranjou foi o de empregado de escritório numa pequena oficina de alumínios. O seu trabalho consistia maioritariamente em elaborar orçamentos, faturas e ofícios para os atuais e futuros clientes. Na oficina propriamente dita trabalhavam duas equipas de serralheiros com um oficial e um ajudante cada. A oficina fazia sobretudo varandas e telheiros, mas o trabalho vinha a diminuir. Com a crise as pessoas não tinham dinheiro nem crédito e as obras diminuíram, de tal modo que já não era possível ocupar a cem por cento as duas equipas de serralheiros. Também no escritório se notava a diminuição de trabalho.

António arranjou este emprego ainda na faculdade. A oficina anunciou a vaga para um estágio e ele resolveu candidatar-se. Não é que quisesse muito, é que era preciso um trabalho com salário certo, porque não este que está aqui à mão? Fez o estágio em regime de tempo parcial ainda com o funcionário que iria reformar-se daí a uns meses e ficou efetivo passando a tempo inteiro quando esse funcionário efetivamente se reformou. Não gostava do trabalho, assim como não gostou do curso superior, escrevia nos tempos livres e era isso o que gostava de fazer. Candidatou-se ao curso de gestão porque os seus pais, entre outras pessoas, lhe disseram que a escrita não era profissão de futuro. Ele não encontrou nenhum curso superior em escrita criativa por isso assumiu ser verdade e tomou o caminho que lhe indicaram.

Escrevia nos tempos livres sacrificando o tempo que devia dedicar à sua esposa. Conheceram-se na faculdade e casaram à pressa porque ela engravidou e ambos concordaram que a criança não devia nascer fora do casamento. Casaram na conservatória contra o conselho e opinião dos familiares e aconteceu um daqueles acasos que ninguém consegue prever: a menina, agora senhora, abortou espontaneamente. Felicidade ou infelicidade, a certidão da conservatória dizia que estavam casados independentemente da gravidez. A rotina diária que adotaram não permitia qualquer paixão e por isso não havia ainda uma segunda gravidez. António era um homem de hábitos mercê dos horários do emprego. Levantava-se todos os dias à mesma hora, vinha jantar todos os dias à mesma hora, aproveitava o tempo livre para escrever todos os dias à mesma hora. Enfim, adquiriu certos hábitos que não eram condizentes com o arrebatamento que existe, ou deveria existir, nesta idade.

A escrita não era tempo perdido, acreditava António, e a prova era o seu livro terminado. Hoje, sem razão aparente, acordou antes da hora habitual e levantou-se em vez de ficar à espera do despertador. Quis ler o livro mais uma vez. Estava convicto que era uma obra merecedora de publicação, só precisava de o mostrar a uma editora. Mas qual? Por onde começar? Com o tempo dispensado a esta leitura, atrasou-se e chegou tarde ao emprego. Os seus colegas tinham o semblante carregado e só mais tarde percebeu porquê: o patrão entendeu dispensar todos em vez de uma equipa apenas. O senhor já tinha uma certa idade e decidiu reformar-se mais cedo em vez de continuar a funcionar com dificuldades.

Já há algum tempo que a economia estava em crise. As bolsas caíram, os bancos recusavam crédito, o emprego diminuiu, tudo isto já se sabia. Agora também ele estava em crise. Era difícil ouvir falar em despedimento, todos sabiam que havia dificuldade em arranjar novo emprego por esta altura. Foi informado que as suas funções desde hoje até terminar consistiam apenas em fechar atividades em aberto. Ainda telefonou à esposa, mas não conseguiu dar a notícia.

Quando chegou a casa também não sabia como fazer a conversa e optou por ficar calado, mas a esposa pressentiu que algo não estava bem. Não sorriu como de costume, não falou como de costume, não foi escrever como de costume; era óbvio que algo não estava bem. O casamento já estava morto há algum tempo pela rotina que adotaram, mas a esposa não se queria acomodar a esta situação. Insistiu em saber. Forçou as palavras a saírem: porque nunca mais saíram juntos, porque falavam um com o outro cada vez menos, porque ela tinha o direito de saber o que podia afetar a sua vida, porque tinha direito a ser feliz. Uma discussão a espalhar sentimentos há muito acumulados.

António comunicou a novidade e juntou-lhe a possibilidade de publicar o livro que escreveu. Com um pouco de sorte podia haver prestígio e rendimento. Este pensamento não acalmou a discussão. Que a profissão de escritor é mal paga, se chegar a ser paga de todo. Que o prestígio só existe se o livro for bem escrito, coisa em que ela não acredita. Que não queria ler o livro, conhecia-o bem mais as suas histórias. Que não queria estar casada com alguém sem rendimentos certos. Que queria viver bem ou pelo menos razoavelmente. Era um sem fim de queixumes, de argumentos; António respondia com a calma que conseguia encontrar, mas não tinha êxito em terminar a discussão. Que já não iam passear juntos, que já não dormiam juntos como antes, que já não falavam como antes, que tudo o que faziam era ver televisão. António realçou que não vê televisão, antes escreve. Tal reparo provocou um repetir da argumentação sobre os rendimentos, mas agora num tom de voz mais elevado e uma repetição foi mais constante: que não queria viver com alguém sem rendimentos certos. António tentava não ouvir esta repetição, mas era impossível. O argumento estava lá uma e outra vez.

Respondeu que enviou o livro à editora, mas eles disseram que não têm lugar para este livro no seu plano editorial, de momento. Com isto obteve a afirmação que não queria: não estou interessada em estar contigo, sai da minha vida. António respirou fundo e disse que sairia. Não nessa noite, mas pouco depois. Iria para um qualquer outro lugar. O seu trabalho na oficina, que consistia em fechar atividades, tomou-lhe menos de uma semana. Foi o tempo suficiente para fazer as malas. Assim que terminou em definitivo lá foi ele para uma residencial. Não se falaram nesses dias. Era assim. Não existia amor nem património a dividir, portanto, não precisavam de falar.

A residencial escolhida por António tinha três andares. Os dois últimos andares eram ocupados apenas por quartos e no primeiro havia uma sala de convívio com uma televisão pequena demais para todos a verem em condições e um bar que dava acesso a uma pequena varanda. Situava-se na baixa da cidade, um lugar onde havia igrejas seculares e estátuas a retratar nobres antigos, por isso os turistas europeus procuravam-na. Também era requisitada por portugueses e africanos pois era mais barata que um hotel. Era um espaço eclético uma vez que albergava falantes de português, francês e inglês mesmo entre os africanos.

António passava os dias na residencial. Desanimado e conhecedor da crise, não tinha vontade de percorrer Seca e Meca à procura de emprego nem acreditava no efeito do envio espontâneo de currículos pelo correio. Deste modo focou-se apenas em tentar publicar o seu livro. Nos primeiros dias não falou com ninguém mais do que o essencial, praticamente só o bom dia. À noite sentava-se na sala de convívio a um canto sem olhar para a televisão e ninguém parecia notar a sua presença. Mas não havia lugares marcados de maneira que se sentava ao lado de quem calhava. Ao fim de dez dias alguém cedeu à curiosidade e dirigiu-se à sua pessoa.

Esse alguém era um homem africano que falava mal a língua portuguesa. Perguntou de onde era o António, o que fazia, por que motivo estava ali. Mostrou algum conhecimento da zona, sabia que o comboio passava ali e ia para acolá. Comentou que em África as esposas ficam sempre com o marido aconteça o que acontecer, a família ou a aldeia não permitiriam um divórcio. Mas aqui era assim, ia dizendo António, no nosso país temos outra maneira de ver as coisas, continuava. A partir desse dia outras pessoas se juntaram à conversa. Perguntavam pelo tempo, brincavam com a falta de dinheiro que os afligia a todos e juntavam alguma conversa mais séria.

António percebeu que havia hóspedes que ficavam só uma noite, outros ficavam um fim de semana, e havia aqueles que faziam da residencial uma paragem mais permanente. Estava lá um que dizia querer aprender português para procurar emprego cá em Portugal, havia outros que diziam estar à procura de casa, mas já estavam na residencial há cinco, seis meses. Também falou com um são-tomense que veio a Portugal para fazer um transplante de córnea. Se ficasse em S. Tomé ficaria cego e aqui já ia para oito meses e três operações à vista. Estavam ali muitas pessoas de todo o tipo.

Quando António estava a cumprir o seu segundo mês de estadia apareceu na residencial uma senhora mulata dos seus quarenta anos chamada Rita. Apercebeu-se por um breve diálogo que a senhora falava inglês e português, mas não se interessou muito porque já tinha compreendido que muitos chegavam e partiam em poucos dias, não havendo assim oportunidade para um conhecimento mais aprofundado. Essa senhora não ia para a sala de convívio e nada havia de especial nisto uma vez que a televisão era pequena e muitos conversavam em voz alta não permitindo a audição plena do aparelho. Os comentários entre os hóspedes não foram mais do que os habituais, afinal todos sabiam que aquele era um lugar de passagem breve para alguns.

Calhou um dia António e Rita partilharem uma mesa no bar para tomarem café. As restantes mesas estavam ocupadas e António, sem intenção alguma que não fosse a de poisar a chávena, sentou-se na mesa onde estava Rita. Achou-a de conversa inteligente e fácil. Ficou a saber que era moçambicana, que saiu do país ainda bebé; estudou em Portugal e na Alemanha, trabalhou em França, Inglaterra e Portugal; sonhava ir conhecer a terra natal um dia destes, um sonho que não a abandonava havia muito tempo.

Nos dias seguintes encontraram-se à hora do café e Rita continuava com a sua conversa inteligente e fácil. António achava um alívio que Rita não comentasse sobre outros hóspedes, era um tema que não desejava, por isso esta senhora era um oásis nesta residencial. Rita continuou dizendo que na Alemanha as pessoas iam para o parque apanhar banhos de sol; aqui procuravam a praia ou o rio, nesse país, qualquer pedaço de relva verde servia. O verão por lá também era mais curto e mais intenso. Já na Inglaterra o que ela mais gostava era da chuva que era acompanhada de menos frio do que aqui em Portugal. Ai as saudades que ela tinha do tempo em Londres... Também gostava da neve, mas o que realmente mexia com ela era a chuva.

António aproveitou para perguntar pelo custo de vida nesses países e Rita foi perentória: com o mesmo dinheiro que se ganha em Portugal não é possível viver dignamente nesses países. A conversa era continuada pelos vários dias. Eles apenas tomavam café, interrompiam para os seus afazeres e continuavam no dia seguinte. A pedido de António, Rita acabou por dizer que era casada, mas o marido era militar e estava destacado no estrangeiro por isso não estava ali. Que fora para a residencial porque a sua casa sofreu uma inundação que danificou o chão de tal forma que era preciso fazer obras e ela aproveitou para fazer obras mais extensas. Era apenas pelo período das obras que ali permaneceria. Face a esta abertura Rita perguntou pela pessoa de António e este contou a sua vida. Quando chegou à profissão não teve dúvidas: era escritor. Não publicado, mas era escritor sem dúvida.

Face a esta afirmação Rita disse que é tradutora. Que coincidência, já tinha traduzido muitos livros mas não conhecia nenhum dos seus autores. Queria ler o livro de António, talvez o pudesse mostrar a uma das editoras onde faz traduções. Talvez até pudesse traduzi-lo e mostrar a uma das suas editoras no estrangeiro. António Anuiu. Com o seu fraco conhecimento em línguas não tinha dúvidas que não conseguiria traduzir o livro e sabendo da sua dificuldade com as editoras em Portugal tinha abertura para considerar o estrangeiro.

Passaram-se dias até Rita ler o livro por inteiro. Ia dizendo que estava bom até ali, mas não queria fazer uma afirmação taxativa antes de terminar a leitura. Contudo, podia haver um corte ali ou acolá, era mais comercial assim, ia afirmando. António hesitava, considerava o livro bom como estava, mas ia assentando com a cabeça.

Pelo meio iam falando da crise. Rita contou que conseguiu manter o emprego porque o mercado para onde trabalha é vasto por incluir o estrangeiro. A crise não afetou todos os países por igual, havia alguns onde as pessoas ainda compravam livros. António explanou a sua desilusão com o emprego de onde saiu e com o curso que fez. Foi explicando que foi empurrado pelos seus familiares para um curso dito "com saída", mas que não preenchia as suas aspirações.

E continuavam pelos dias fora; Rita ia dizendo que leu mais um bocadinho mas não queria fazer comentários e conversavam sobre outros tópicos. Criticavam o governo por não manter o subsídio de desemprego após o período de um ano, havia pessoas a morrer de fome e a crise parecia estar aí para durar. Invejavam os funcionários públicos pelo emprego permanente e salário garantido.

Veio finalmente o dia em que Rita leu o livro por inteiro. Para além de ter gostado, apontando esta e aquela parte, comentários que António apreciou, adicionou-lhe um facto novo: traduziu o livro e mostrou-o à sua editora em Inglaterra. Pediu perdão pela liberdade, mas não foi capaz de ler sem traduzir e considerou-o tão bom que resolveu de imediato mostrá-lo à editora. Só agora mencionou o facto porque eles gostaram e queriam falar com o autor. Rita precisava dos contactos de António. Talvez pudessem falar por videoconferência. Tudo o que ela queria era um pagamento pelo seu trabalho. António estava meio espantado com a novidade, mas concordou, obviamente.

Reparou então que o Natal chegara mais cedo este ano. O Pai Natal trouxera-lhe a prenda que tanto desejava. Ou a Mãe Natal neste caso.

O jogo de xadrez

César vivia numa cidade pequena ou numa vila grande, não se sabe bem a dimensão, não se destacando das restantes crianças pois nada havia de notável na sua pessoa nem na sua família. Poderia dizer-se, com muita segurança, que, caso César mudasse de morada em conjunto com os seus familiares, poucos relevariam o acontecimento.

Primeiro rapaz e segundo filho, nasceu saudável e ninguém, exceto a mãe, se lembrava dele 1 dia após ter saído da maternidade (bem, em boa verdade, o pai também se lembrava dele; médicos, enfermeiros e outras parturientes é que não). Assim continuou até chegar à escola: no início das aulas a professora primária foi acrescentada a esta lista de 2 ou 3 elementos. Uma lista que não aumentou muito ao longo da sua vida.

Havia um momento, pontual, em que outras pessoas se lembravam que César existia: o aniversário. A mãe fazia uma festa e convidava a restante família: avós, tios, primos, alguns vizinhos. Durante 2 dias a lista aumentava para voltar a diminuir logo após.

Numa dessas festas de aniversário alguém lhe ofereceu um tabuleiro de xadrez em conjunto com um pequeno livro que trazia as regras do jogo e alguns, poucos, exemplos. Por esta altura já se notava que César não tinha apetência para jogar à bola ou às escondidas e foi imediato o seu interesse no tabuleiro de xadrez. Leu avidamente o livro de instruções, se é que se pode dizer assim pois ainda não lia todas as palavras, mas o livro trazia imagens a acompanhar e quase não prestou atenção à festa onde era o anfitrião.

Era cedo para dizer se César tinha talento, mas era possível afirmar que havia gosto pelo jogo. Não sabia ainda ler perfeitamente, mas estudava os jogos sozinho com o tabuleiro na sua frente ajudado pela notação própria do xadrez.

Quando terminou a escola primária e ler já era fácil descobriu que existem livros e apontamentos sobre os grandes jogos que foram jogados e sobre as táticas utilizadas e possíveis de utilizar. Isto apesar de não encontrar muitos adversários para enfrentar no tabuleiro. Se calhar, exatamente por isso, por não encontrar adversários foi obrigado a satisfazer o seu interesse com livros e apontamentos.

Ouviu as notícias de jovens campeões incluindo a mais jovem campeã de sempre e também ele queria ser um campeão. Existia o óbice de haver poucos torneios e ele não ter adversários para treinar. Quando aparecia um torneio, era quase longe de casa e os outros participantes treinavam regularmente.

Frequentava a escola como era suposto para um jovem da sua idade, mas não participava amiúde nas atividades de todos os outros e não se preocupava com boas notas escolares. Não fazia questão em destacar-se da multidão pelas boas notas e ainda não acreditava que as notas escolares iriam fazer diferença no seu futuro. Nunca pensou em ser um jogador de futebol com uma legião de fãs.

Procurava aliciar parceiros para serem adversários no jogo mas nunca conseguiu. Chegou a idade em que alguns procuram descobrir as bebidas dos adultos ou o tabaco que dizem fazer mal à saúde. César preferia estar sossegado, não necessariamente sozinho, mas sossegado. A curiosidade era igual à dos outros, a vontade não.

E também chegou a idade de pensar em namorar. A namorada que arranjou não se interessava por xadrez nem sequer queria conversas sobre isso. Mas, onde iria ele encontrar outra namorada? Foi sempre impossível desenvolver o seu talento (ou, na dúvida, o seu interesse).

Quando chegou a altura da universidade já a família maldizia há muito tempo a hora em que ele recebeu um tabuleiro de xadrez. Era preciso um salário para garantir o futuro. A vida depende de um bom emprego. A namorada começou a falar em crianças. Desejo natural para a idade. Convinha haver um rendimento para educar os filhos. Ainda que não houvesse filhos convinha estarem bem, juntos.

César ouvia. No fundo, César fazia parte dos seus pares. Fez o percurso que todos ou quase todos fizeram. Ainda assim, por vezes, a vida não corre como desejado, por razões alheias à vontade própria.

Não conseguiu incutir o mesmo interesse nos seus filhos. A mãe também tem interesses. E o tempo é limitado. Há que fazer um esforço, ainda que seja mínimo, para a vida seguir em frente com normalidade. Aquela normalidade que permite dizer que fazemos parte do nosso par. Dos nossos pares. Tentar que as razões alheias não apareçam por obra e graça do anjo da guarda.

A empresa que empregava muitos funcionários fechou. César foi despedido, tal como os outros, naquela idade em que já é difícil convencer outro empregador que ainda temos muito para dar. A maior parte destes desempregados chegou a um ponto em que não pede uma remuneração, antes pede uma atividade pois ainda é útil à sociedade.

César nunca desanimou. Conseguia pensar em táticas de xadrez e apreciar o tempo que passava com os netos. Conseguia ser uma mais-valia. Podia dizer-se que César nunca envelheceu. Mesmo quando atingiu a idade em que há justificação para não ter uma atividade remunerada, César nunca passou os dias no banco do jardim sem a noção se já são horas de ir para casa.

Finalmente, à bonita idade de 97 anos, num dia de muito frio, César contraiu uma pneumonia e faleceu em consequência. Assim como no nascimento, também 1 dia após o seu funeral ninguém mais se lembrou da sua existência.

Curriculum Vitae

Exmo Sr

Estou a candidatar-me à vaga de lavador de pratos que V. Exa. necessita no seu restaurante neste momento.

Junto o meu curriculum vitae que é muito simples pois em toda a vida, a minha curta vida, só trabalhei a lavar pratos, portanto, o meu curriculum tem que ser simples. Desde já posso esclarecer alguns aspetos que acho merecerem uma atenção redobrada:

Fiz a escola, como todas as pessoas, portanto sei ler e escrever corretamente: consigo fazer menus com apresentação, chamativos. Só tenho o 9º ano porque não sou muito dado a trabalhos de cabeça, prefiro o trabalho manual, mas penso que aproveitei bem o tempo que lá estive, como disse, sei ler e escrever corretamente, consigo fazer os menus e, se for preciso, também sei fazer contas.

Comecei a trabalhar oficialmente aos 18 anos, idade que a lei exige para poder ser trabalhador por conta doutrem. O meu primeiro emprego não está aí mencionado exatamente por isso: foi antes de completar os 18 anos.

Comecei a ganhar experiência no restaurante 'Anzol e Linha'. Foi aí que me puseram um monte de pratos à frente e esqueceram-se de me dizer onde estava o detergente. Eu também me esqueci de perguntar se havia ou onde estava.

Nesse meu primeiro dia demorei quatro horas para lavar 26 conjuntos de pratos, talheres e copos. Foi a minha mãe que me disse, ao fim do dia, quando cheguei a casa, que é costume usar detergente. No dia seguinte já lavei os pratos mais rápido e colocaram-me a descascar batatas, portanto, posso acrescentar mais esta tarefa à lista de funções que posso desempenhar.

Passei pelos restaurantes 'O Galeão' e 'Amazónia', perfazendo um total de três locais de trabalho. Espero que o seu venha ser o quarto. Como deve saber, 'O Galeão' fechou porque o dono esqueceu-se de pagar os impostos e viajou até ao Brasil. Vá lá, não se esqueceu de pagar a mim e aos meus colegas, ele era uma boa pessoa.

Aqui no 'Amazónia' ganho menos e o trabalho não é tão requintado. Eu gostava muito do estilo de 'O Galeão'. Nesse restaurante tínhamos talheres de prata, pratos de faiança debruada a ouro, conjuntos muito bonitos com as terrinas e os guardanapos de pano a condizer. Estes guardanapos de pano tinham rendas, eram feitos de propósito por uma costureira para o restaurante, não havia iguais. O mobiliário era em madeira maciça de dois tons e as toalhas de mesa eram mesmo de tecido, nunca púnhamos toalhas de papel. Os copos não eram de cristal, sempre tive pena deste facto. Oferecíamos o consommé de madrilena como entrada.

Os nossos clientes falavam muito bem e apresentavam-se com as melhores roupas. Gostei muito de lavar pratos ali. Lembro-me do Sr. Duarte, por exemplo, era o cliente que mais falava comigo. Ele trabalhava no Banco e estava sempre a falar nos mercados. Eu não percebia muito, a princípio, o único mercado a que fui é aquele da Baixa e não estava a perceber. Mas depois comecei a ver que ele estava a falar da Bolsa de Valores. Ao fim de algum tempo percebi que era um jogo, mas não tivemos tempo de chegar à parte das regras.

Eu comprei ações como toda a gente, perdi dinheiro como toda a gente, mas ele disse que era preciso perceber as regras do jogo para ganhar dinheiro. Não tivemos tempo de esclarecer essas regras, como disse antes, o dono de 'O Galeão' esqueceu-se de pagar os impostos e viajou até ao Brasil. Vá lá, não juntei a perda do salário à perda das ações. O patrão foi sempre uma boa pessoa.

Nós podíamos conversar muito, o Sr. Duarte e eu, porque ele vinha almoçar um pouco mais tarde e àquela hora não havia pressa em lavar pratos. Eram poucos clientes que vinham a seguir, havia pratos que chegassem, por isso podíamos conversar muito. Embora não fossem bem diálogos, o Sr. Duarte nunca quis ouvir falar sobre mim ou sobre o meu trabalho ou a minha família. Às vezes permitia uma pergunta ou duas, sempre sobre os mercados, mas normalmente era só um monólogo da parte dele. Como eu gostava de o ouvir nunca liguei a isso.

De qualquer modo, ele dizia que gostava muito de vir almoçar aqui, e eu gosto de pensar que era pela minha companhia. Podemos acrescentar esta mais valia ao meu currículo: a capacidade de manter os clientes contentados.

Nesta minha experiência profissional, posso garantir que todos os meus talheres brilham como se fossem novos, acabados de estrear. Os pratos, nunca parti nenhum, e tenho sido sempre eu a fazer os menus. Quando digo fazer os menus, quero dizer, escrevê-los bonitos e apelativos. Já tive clientes a perguntar o que são 'escargots'. Repare, eles percebem a palavra, o que não percebem é o significado.

Não confundir fazer os menus com o planeamento dos menus, este é um trabalho do cozinheiro e do gerente, eles é que sabem qual a carne e peixe que querem comprar. Eu simplesmente escrevo os menus de maneira a que os clientes comecem por gostar da comida ainda antes de esta sair da cozinha.

Mas não devia dizer isto, o senhor, se tem um restaurante deve saber a diferença, assim até parece que me estou a vangloriar por saber muito. Garanto-lhe que não é isso. Estes são os pontos que entendi que devo realçar e espero ter demonstrado que posso vir a ser uma mais-valia no seu estabelecimento.

Assino agora esta carta, juntando os meus cumprimentos, na expectativa de vir a poder esclarecer em entrevista algum ponto do meu curriculum que lhe possa ter suscitado alguma dúvida.

Bem-haja e até breve, são os meus desejos.

A feira

Era uma feira com carrosséis, dragões de papel, fogo-de-artifício e bancas de comida a imitar restaurantes, cercada por um muro alto com quatro portões inexistentes. Os telhados dos edifícios eram de quatro águas com as esquinas terminando em bico encurvado para cima. No topo, onde as quatro águas se juntavam, também havia um bico apontado ao céu.

As pessoas cirandavam entre os muros altos, entrando e saindo pelos quatro portões ausentes, visitando os carrosséis, vendo os dragões de papel e petiscando aqui e ali. Havia guardas, só mulheres, em vários pontos do recinto. Trajavam uniforme e tinham como arma apenas uma lança que seguravam na vertical apontada às nuvens. O cabelo comprido estava apanhado por cima da nuca e seguro por três agulhas compridas.

Uma trombeta soou. Guardas saíram de vários pontos, e aquelas começaram a marchar para o mesmo ponto de onde saiam estas outras. J., cuja atenção fora desviada pelo toque da trombeta, virou-se para a banca onde estava para formular o seu pedido, mas a vendedora não estava lá. Procurou-a virando a cabeça para um lado e para o outro e reparou que as pessoas corriam a esconder-se. Não havia ninguém nesta banca e o parque estava praticamente como um furacão de gente a correr para o exterior.

J. inclinou a cabeça para um dos lados, ficou a admirar este tufão de gente e, ao mesmo tempo, o render da guarda, parado junto à banca, sem perceber o porquê daquela gente estar a treinar para a corrida dos 100m dos jogos olímpicos enquanto saíam do recinto. As guardas que tinham estado em serviço já não se viam, as que as vinham render já estavam nas suas posições.

Subitamente, uma agulha espetou-se no pilar que estava junto à sua cabeça. J. olhou atónito para esta agulha sem reparar que as guardas corriam em sua direção. Ao vê-las, correu, sem saber para onde, elas estavam em toda a parte. Agora, as lanças apontavam para si. Corria. Também ele queria participar nos jogos olímpicos. As guardas gritavam qualquer coisa em estrangeiro.

Conseguiu transpor os muros do recinto, não havia portões. Mais à frente, viu uma casa. Graças a Deus não havia muros, só um espaço ajardinado à volta. Os gritos continuavam atrás dele. Uma das guardas saltou para a frente e para o chão e agarrou-lhe o tornozelo. J. caiu, sacudiu o pé e soltou-se perdendo um sapato. Levantou-se no momento em que uma lança era espetada no chão onde estivera deitado. Continuou a correr sem fôlego, corria e ouvia os gritos atrás de si. Estava em má forma física, mas as forças não lhe faltavam enquanto ouvia os gritos das guardas.

As mulheres estavam mais perto, ele precisava de ajuda, tocou à campainha. Trrimm! Uma lança espetou-se nas suas costas. Trrimmm! Outra lança espetou-se ao lado desta. Trriimm! Ninguém abriu a porta. Uma das guardas agarrou-lhe na mão enquanto outra lhe puxava os cabelos. Trrriiim, aaiiii. Sentiu uma agulha a ser espetada no pescoço. Aaaiii. Triimm, triiiimmm, aaaaiiiii, então, mas ninguém abre a porta...

Foi então que acordou, transpirado, o despertador tocava.

Os contos de fadas

Era um dia de Natal. O dia de Natal daquele ano. Chovia torrencialmente. Foi naqueles tempos em que o inverno era inverno e o verão era verão. Ia eu na motorizada, a minha saudosa Zundapp 3, muito devagarinho, a ver se a chuva não me molhava mais do que era suposto, e comecei a subir para o alto da Moura. Vinha da Rádio XTZ. Não trabalhava lá, mas a rádio nunca fecha e fui fazer um pouco de companhia ao locutor de serviço neste dia de Natal. Secretamente, aspirava vir a ser um locutor também, por isso ia muitas vezes à rádio visitar o pessoal.

No início dessa subida, sai um homem do meio do pinhal, assim tão de repente que até me assustei, a esbracejar muito e a gritar qualquer coisa que não conseguia perceber com o barulho da chuva. Chovia copiosamente, recordo, o homem estava todo molhado; obviamente a folha dos pinheiros não foi grande abrigo para a chuva. Agitava as mãos fazendo sinal para eu parar, tinha os olhos muito arregalados e uma expressão de desespero na face. Eu parei, mesmo estando assustado e com medo, parei. O homem virou-se para mim e disse:

— Amigo, não se importa de ir chamar os bombeiros? Atolei o carro aqui no meio do pinhal e preciso de ajuda para o tirar.

E acrescentou, fazendo uma cara que revelava bem o terror que sentia: — Ai, se a minha mulher sabe...

Para os leitores mais novos (e / ou de outras paragens), convém esclarecer que o Alto da Moura é o nome que se dá a uma colina ali para os lados de Maxido, atravessada pela estrada nacional e praticamente só tem pinhal de um lado e do outro. E este episódio passou-se numa altura em que ainda não havia telemóveis (não foi assim há tantos anos...), apenas telefone fixo; havia cabines públicas para uso de qualquer pessoa, mas não as havia em qualquer lado de uma cidade, muito menos num pinhal à beira da estrada. Nessa altura também, não sei como está hoje, era um ponto de trabalho para a prostituição.

Este senhor, pelos jeitos da conversa, pensou que não fazia diferença ser o dia de Natal e estar a chover torrencialmente; meteu-se pelo pinhal adentro, atolando o carro, e não viu ninguém para o ajudar, pois claro. Ali estava ele, à beira da estrada, sem sobretudo ou gabardine, nem guarda-chuva, todo encharcado, a gesticular e quase a bater os dentes.

Não havendo telemóveis e compreendendo a necessidade do senhor — até porque a expressão dele revelava mesmo o estado de desespero em que se encontrava — dei meia volta e lá fui eu ao quartel dos bombeiros. Desta vez fui mais rápido sem me preocupar com a chuva que continuava a cair.

Quando lá chego, encontro-os em plena confraternização, mesa posta e muitas gargalhadas. Não nos esqueçamos que era o dia de Natal. Pelos vidros da porta conseguia ver uma mesa muito comprida, ou várias, todas juntas, e coberta de uma toalha de mesa branca com vários comeres tradicionais do Natal. Pelo que me apercebi, deviam estar 30 ou 40 pessoas à volta dessa mesa, entre mulheres e homens, não me lembro de ter visto crianças nem idosos.

Bato à porta e vem um senhor que estava mais afastado da mesa, não estava fardado, mas identificou-se como segundo comandante ou subcomandante, algo desse género, do quartel. Expliquei-lhe a situação e ele diz-me que hoje não podiam lá ir, o jipe estava avariado e muitos homens estavam de folga.

Insisti, ele voltou a dizer o mesmo com outras palavras, voltei a insistir e ele rematou a conversa dizendo: — Mas quem o mandou ir para lá? Não fomos nós, pois não? Ele que se desenrasque.

Dizendo isto, entrou e fechou a porta. Ainda ali fiquei um minuto ou dois, a olhar para a porta, vendo aquela gente toda através do vidro, a pensar se devia voltar a bater e perguntar a outra pessoa, mas acabei por ir embora, desiludido e triste. Naquele momento, também não me ocorreu ir à GNR ou procurar alguns amigos meus, simplesmente fui embora, desiludido e triste.

Na altura tinha 18 anos e ainda acreditava em contos de fadas. É certo que nos contos de fadas há sempre uma bruxa má, mas também é certo que aparece sempre um cavaleiro destemido que mata o dragão e salva a princesa.

Fiquei destroçado e quando cheguei novamente ao início da subida para o Alto da Moura, lá estava o tal senhor aflito à minha espera, debaixo de umas folhas de pinheiro que não protegiam nada da chuva; pareceu-me que estava mais encharcado do que à bocado. Não tive coragem de repetir o que me tinham dito, e acelerei a motorizada ao vê-lo. Passei por ele de olhos quase fechados, sujeito a ter um acidente.

Quando abri os olhos, ainda consegui ver a expressão dele pelo espelho; ficou na minha memória e ainda me recordo dela. Metia dó, o meu coração partiu-se um pouco mais. Hoje, revivendo essa expressão, já não fazia o mesmo, teria parado e ter-lhe-ia contado uma mentira piedosa qualquer.

Eu ia a caminho da casa do meu avô, porque nestas alturas é costume visitarmos a família, e quando lá cheguei contei-lhe o sucedido, ainda com esperança que houvesse solução para o senhor.

Talvez o meu avô se indignasse e arranjasse uma forma qualquer de ajudar o homem. Qual quê. O meu avô disse-me: — Pois, ninguém o mandou ir para lá, ele que se desenrasque.

Ainda argumentei: — Então e se fosse eu? Ou outra pessoa da nossa família?

— Se fosses tu, logo se via. Mas não és tu, pois não? Está a chover, se os bombeiros não querem lá ir, não quero saber. Olha, vai ter com a tua avó, parece-me que ela fez mais filhoses.

Dizendo isto afundou-se no cadeirão e virou a cara para a televisão; foi neste momento que deixei de acreditar em contos de fadas.

Não comi as filhoses, despedi-me da minha avó, que ficou muito espantada por ver-me a ir embora quando ainda agora ali tinha chegado e ainda estava a chover, não consegui comer mais nada nesse dia.

Alguns anos depois (poucos), juntei-me a um grupo de motards e fiz umas tatuagens; temos sempre gasolina porque vamos em grupo "abastecer" as motos, temos sempre namoradas porque elas não sabem que são namoradas de alguém, estamos sempre felizes porque o pó nunca falta. Fazemos o que queremos, quando queremos e com quem queremos. A vida faz mais sentido agora.

Às vezes, recordo-me deste episódio e penso como era mesmo totó nessa altura...

O cão

N estava a colocar as compras no tapete rolante e ouviu um rosnar. Levantou os olhos para a menina que estava em frente à registadora e seguiu o seu olhar: estava um cão na outra extremidade do tapete rolante (mais abaixo, claro, no chão). Perguntou:

— Vocês deixam os cães entrar aqui no supermercado?

— Não. Este cão deve ser vadio. Se tivesse vindo com alguém, com certeza teria lido o aviso.

— Quem? O cão é que teria lido o aviso?

O cão continuou a rosnar. A menina olhou com gelo para N e continuou:

— Vou chamar o segurança.

Dizendo isto deu um toque na campainha. O segurança veio, olhou, a menina apontou para o cão e o segurança foi buscar uma vassoura. Enquanto ele vinha e não vinha, a operadora de caixa começou a registar as compras. O cão continuava a rosnar.

N acabou de colocar as compras no tapete rolante e deslocou-se para a outra extremidade, passando em frente da funcionária e fazendo com que o cão deixasse de rosnar e passasse a ladrar. Alto e ameaçadoramente.

N e a menina olharam ambos para o cão. O segurança chegou com a vassoura e aproximou-se. O resultado foi a deslocação do cão e do segurança num movimento circular e concêntrico ao mesmo tempo que os latidos aumentavam.

O segurança disse:

— Vou chamar a polícia ou a câmara.

N retorquiu:

— E como é que eu faço para me ir embora?

A operadora de caixa, por sua vez, acrescentou:

— O cão nem devia ter entrado aqui, em primeiro lugar. Sr J, então não consegue pôr o cão na rua? E se ele me morde a mim?

O segurança olhou para a parte de baixo da funcionária, abanou a cabeça e afastou-se. Entrou numa das portas destinada apenas a funcionários. O cão já não rosnava, ladrava. E N viu as suas compras chegarem à outra extremidade do tapete rolante e ouviu a menina anunciar o valor a pagar. N olhou para ela, olhou para o cão e perguntou:

— Não sei se vou pagar isso. Você tem a certeza que eu consigo sair daqui com as compras?

— Com certeza que vai. Se for preciso, o segurança afasta o cão.

— Qual segurança, aquele que foi lá dentro pedir ajuda?

Dizendo isto, levantou o braço em direção à porta por onde o segurança entrou fazendo com que o cão desse um salto pequenino e aumentasse a velocidade dos latidos. N virou a cabeça para o lado e para baixo. O cão não se calou.

— Bem, eu próprio vou ter que resolver isto. Vou ali buscar um pão ou bolos a ver se o cão está com fome.

— O Sr. não pode entrar aqui com o cão.

— Porque está a dizer isso a mim? O cão não veio comigo.
— fez uma pausa — Experimente pôr o cão na rua.

A menina olhou para o lado e acondicionou alguns produtos que alguns clientes lhe deixaram. Tinham caído ao chão, rebentando e vertendo, e ali foram deixados. N fez como dizia e foi à secção de padaria que estava mesmo ali ao lado, perto da saída. Quando a funcionária esticou o braço para juntar estes produtos ao valor das compras já apresentado, ouviu:

— Eu quero ir-me embora são e salvo, vocês não põem o cão na rua e vou ter que pagar este pão que é para ele?

A menina parou o movimento do braço e fixou N nos olhos. Neste momento o cão relembrou a sua existência através do aumento do volume dos latidos.

N separou um bocado de pão e atirou-o por cima do cão com intenções de o fazer aterrar meio metro atrás do sítio onde ele estava. Acertou no destino da aterragem, mas o cão apenas levantou o nariz e olhou, não se mexendo. Continuou a rosnar.

N respirou fundo, separou outro bocado de pão e desta vez inclinou-se e esticou o braço para a frente com o pão na ponta dos dedos. O cão mexeu o nariz e continuou a rosnar. N endireitou-se e voltou a inclinar-se repetindo o gesto. O cão voltou a mexer o nariz e, desta vez, ladrou.

Após uma pausa de dois segundos, N levantou o braço e fez o pedaço de pão que segurava na mão ir aterrar junto do outro que já estava por trás do cão. Desta vez conseguiu ver os dois bocados serem comidos, mas, assim que o cão os mastigou, voltou para o local de onde saiu e tornou a rosnar.

N respirou fundo movimentando os olhos para a operadora de caixa. Esta estava distraída, a olhar para o lado e N olhou para a porta por onde o segurança entrou.

Deu dois passos, continuando para a extremidade do tapete rolante, o cão recuou, acompanhando-o sem desviar o olhar. N lançou outro pedaço de pão mais para trás e viu esse pedaço ser mastigado e o cão voltar para mesmo sítio passando a ladrar. N lançou outro pedaço e a cena repetiu-se.

Olhou novamente para a menina, olhou para o cão e, após uma pausa de dois segundos, puxou da carteira. A funcionária aceitou o dinheiro e N arrumou as compras. O cão conseguiu não se calar durante estes breves momentos.

N agarrou nos sacos e seguiu para a direita, direção oposta àquela em que tinha conseguido posicionar o cão. Este seguiu-o, diminuindo a frequência dos latidos.

Ao chegar ao seu automóvel, N levantou a porta da bagageira e olhou para o cão que insistia em omitir o silêncio. Acenou a cabeça afirmativamente e disse:

— Bem, e que tal se eu te levar para casa?

O cão, percebendo ou não o que foi dito, manteve-se irredutível na sua posição física e sonora. N fechou o carro à chave e lançou um bocado de pão que atingiu a distância de dois metros e meio do sítio onde estava. O cão olhou, mas não se mexeu.

N começou a caminhar, o cão seguiu-o, parando de ladrar apenas quando passaram pelo bocado de pão e o mastigou. N continuou a separar o pão que restava e a lançar estas divisões a distâncias variadas enquanto caminhava. O cão ia acompanhando-o sem manter uma distância fixa e sem se calar, embora, agora os seus latidos não fossem tão constantes nem tão sonoros.

Dois quilómetros e meio depois chegaram a casa de N. Este disse, olhando para o cão:

— Vou abrir o portão. Se entrares a casa é tua, se não entrares, é pena, porque eu não estou habituado a fazer este trajeto a pé e estou cansado. E ainda vou ter que ir buscar o carro que lá ficou, percebes?

Abriu o portão, lançou dois bocados de pão para o quintal, afastou-se no sentido da rua a uma distância aceitável enquanto apontava com o braço para dentro do quintal. O cão olhou e calou-se finalmente. Olhou novamente para N, novamente para o quintal onde estava o pão, hesitou mais uns segundos e foi mastigar o pão.

N seguiu-o e fechou o portão. O cão olhou para o portão enquanto mastigava, olhou para N ao deixar de mastigar, voltou a olhar para o portão e fez um círculo sem sair do lugar virando-se para N que se mantinha imóvel dois ou três passos à frente do portão. Não voltou a ladrar e N prosseguiu após breves momentos em direção a casa. O cão não mostrou sinais de querer seguir N e este deixou a porta aberta indo arrumar as compras. O cão farejou a soleira da porta, olhou para um lado e para o outro, caminhou para dentro e manteve-se em silêncio.

A aposentação

Numa pequena cidade e numa pastelaria algo concorrida, à hora de almoço de uma terça-feira, as pessoas bebem o seu café e passam os olhos pelo jornal, caso o consigam apanhar, ou vêm o rodapé das notícias na televisão. Num dia como tantos outros, algures numa primavera ou outono de temperaturas amenas, sentado numa mesa dessa pastelaria encontrava-se João, um cliente como todos os outros, sem nada de especial que lhe dê relevo, quando foi abordado por um completo estranho que ninguém ali viu anteriormente.

— Boa tarde.

— Boas tardes.

João mal levantou os olhos, nem reparou bem no indivíduo que ali estava a cumprimentá-lo, ainda assim, porque é uma pessoa educada e um bom dia não se nega a ninguém, respondeu-lhe. Os seus pensamentos foram interrompidos e João tentou voltar a eles. O seu interlocutor não deixou.

— Desculpe incomodá-lo senhor. Se não se importa, vou apresentar-me. Sou a Morte.

— A Morte?

João agora olhou bem para o homem que tinha à sua frente. Um sujeito do seu metro e sessenta, um pouco gordo, notava-se uma certa flacidez, já a perder cabelo, vestia calça de ganga e camisa de bombazine, aparentava ter entre 40 ou 50 anos. Perante tamanha visão confrontada com a afirmação não conseguiu evitar um desdenho.

— Oh, que coisa! Está a gozar comigo?

— Se estou a gozar consigo? Não. Tenho necessidade de me apresentar porque nem todos me conhecem. Você é um desses. Se calhar já passou por mim, mas não me conhece verdadeiramente pois, caso contrário, não estaríamos a falar aqui, falaríamos noutro lado.

— Já passei por si... Então e finalmente vem buscar-me, é isso?

— Não, não vim buscá-lo. Tire esse sorriso da cara, e escusa de olhar em volta, se viesse buscá-lo não havia ajuda possível. — O sujeito não sorriu e o tom de voz era firme. — Deixe-me terminar a minha apresentação. Há outros também que não me conhecem e chamam-me outros nomes, daí a necessidade de apresentação. Eu sei, pois viajo pelo mundo todo e ouço o que me chamam. Mas não se assuste com o meu nome, senhor, assuste-se com a minha função.

— Pensava que a sua função pertencesse a Deus, ou ao Diabo, ou algum anjo encarregue disso. Como é que você chega aqui e diz uma coisa dessas?

— Como toda a gente, tenho horários a cumprir e faço o meu serviço. Às vezes pouco diligentemente, confesso, não devia deixar sofrer em alguns casos; só em alguns casos. Noutros tem que ser. Depende do destino de chegada.

— Mas tem que ser assim porquê? É só querer fazer diferente, não é?

— A benevolência não faz parte da minha personalidade, por isso é que fui escolhido para esta função. Outros candidataram-se, tinham vergonha, iriam ficar sem amigos, era mal pago e tal, enfim falavam mal, mas concorreram. Fiquei eu. Eu somente.

— Está muito orgulhoso.

— Às vezes também falho, por isso é que o INEM é um sucesso. Como lhe disse, não sou muito diligente. Mas porque é que lhe estou a contar isto? Você deve estar curioso, certamente.

— Nem por isso. Já disse que não vem para me levar.

— Venho matá-lo? Não, já disse que não. Venho antes informá-lo que está a ser traído pela sua mulher.

João perdeu o sorriso e quase a paciência. — Não brinque com coisas sérias, se faz favor. — Fez-se uma pausa por um breve momento em que nenhum deles falou. O que se apresentou como sendo a Morte continuou sério a olhar para o João e este, também sério, a olhar para ele. — Não lhe devo satisfações, mas deixe-me dizer-lhe que isso é impossível.

— É impossível? Escute, eu viajo pelo mundo todo e vejo muitas coisas. Não tenho tempo para ver tudo, mas há sinais que me chamam a atenção. No caso da sua esposa fiz questão de ver. Acredite, eu vi.

João chegou a cadeira para trás e começou a levantar-se. Olhou para a mesa como se estivesse à procura de não se esquecer de nada.

— Bom, preciso de ir andando, tenho coisas para tratar...

— Tem coisas que fazer, pois… Não acredita é o que é.

— A minha mulher não faria isso, homem.

— A sua mulher não faria isto? Então porquê?

— Oh, porque sim. Entre outras coisas, ela ama-me, acho que é o mais importante.

— Mas o que é isso do amor, sabe dizer-me? Dá para comprar aqueles vestidos que ela usa? Põe-lhe gasolina no carro? Dá para…

— Ela não é mulher de gastar muito. — João cortou-lhe a palavra, já estava a ficar cansado da conversa.

— Não é gastadora… Mas com certeza tem desejos, não é necessariamente…

— Tem desejos, mas a minha mulher não faria isso. Nós temos um casamento de amor, percebe. Não estamos casados por acidente.

— Lá vem você com o amor outra vez. Mas isso nunca acaba?

— Mas como nunca acaba? Então nós somos casados porque gostámos um do outro. — João tinha perdido o sorriso definitivamente. Uma coisa tão óbvia e aquele homem não percebia? Devia estar a gozar, era o mais certo. Aliás, só por dizer que era a Morte já estava a gozar com ele.

— Bom, não quero alongar esta conversa. A sua mulher pôs-lhe os cornos e vai continuar a fazê-lo, eu vi bem. Você quer provas?

Provas, pensou João? Só se fosse provas da estupidez daquele homem. Não é que fosse preciso, saltava à vista a capacidade intelectual daquele sujeito. — Eu estou atrasado, já tomei o meu café, preciso de ir andando.

— Sim, já sei que está com pressa. Você é que vai arranjar essas provas, eu digo-lhe como. Eu não posso mexer com os mortais para não desequilibrar o mundo, o chefe já me avisou.

— Vou arranjar, eu? Mas sou seu empregado, ou quê? E, já agora, pedi-lhe alguma coisa?

— Eu sei que não está para isso, mas eu explico-lhe, vai ver que é fácil descobrir tudo.

— Mas, mas… — João tentava terminar a conversa. — Descobrir o quê, homem, não seja parvo.

— Não diga que não, você neste momento tem a dúvida instalada. Se não quiser ouvir-me agora, procurar-me-á daqui a uns dias.

— Você é mesmo parvo.

— Pois. Eu vou embora agora, e pode ser que volte a falar consigo daqui a uns dias. Entretanto pergunte à sua esposa como correu o dia dela hoje; e logo de seguida pergunte se foi diferente do dia de ontem.

— Ora, que verdade de la palisse, você parece mesmo inteligente. — Disse João com ironia. — Uma simpatia dessas não é muito difícil e nem é preciso vir um estranho lembrar-me de uma pergunta dessas.

— Pois, perguntar isto não custa nada, é verdade. Pergunte, voltaremos a falar daqui a uns dias.

— Não me incomode, se faz favor. Não o conheço de lado nenhum nem quero conhecer, está bem?

— Você vai querer falar comigo, acredite.

— Ouviu o que eu disse?

— Até logo.

João ficou a ver o senhor que disse ser a Morte a afastar-se e pensou que aquele sujeito tinha descaramento e devia ter cortado o diálogo mais cedo. Deu conversa a mais e agora recriminava-se. Da próxima não iria deixar avançar tanto.

O melhor era não haver uma próxima, concluiu.

-x-

Dois dias e cinco horas depois, portanto, quinta-feira à tarde, um dia como tantos outros, João saiu do emprego e resolveu cortar caminho pelo jardim até ao lugar onde deixou o automóvel.

Hoje teve mais dificuldade em arranjar lugar, parece que todos se lembraram de vir de carro. Os mais antigos quando construíram as casas e os edis da altura que o permitiram não se lembraram que as carroças podiam vir a ser substituídas por veículos a motor que toda a gente iria querer ter e não acautelaram nem lugares de estacionamento nem largueza de avenidas. Nos dias contemporâneos, isso é problemático.

— Bom dia, como está? Lembra-se de mim?

João ficou realmente, lá em casa, em frente da televisão, a cogitar na conversa do outro dia ("Mas será mesmo possível? Há casos conhecidos com outras pessoas, será que a minha mulher também seria capaz de tal coisa?") e não se lembrou que prometeu a si próprio despachar este indivíduo, e respondeu-lhe. — Você outra vez. O que quer agora?

— Então perguntou à sua mulher? — A questão foi feita com um sorriso leve. — Perguntou, com certeza. E não surgiram dúvidas, claro. — O sorriso continuou sem parecer ostensivo.

João não retribuiu o sorriso. — Eu não quero conversas consigo, meu caro senhor. O que você disse da outra vez não se diz a ninguém.

— Pois. Eu sei o que lhe disse. Vamos lá a ver. Não achou a descrição muito igual, muito sucinta?

João continuava a questionar a capacidade intelectual deste indivíduo. Há coisas que são tão evidentes. — Muito igual? Então, mas se não se passa nada...

— Não, não há dois dias iguais.

— Ela vai todos os dias para o emprego e...

— Não, não há dias iguais. Você acha normal ninguém a chatear, ninguém a aborrecer, correrem todos os dias iguais? Os seus dias são assim?

— Não quer chatear-me com as minudências do dia-a-dia. — Outra evidência. Aquele homem, a Morte ou o quê, realmente tinha um raciocínio à prova de bala. É um caso daqueles, se não existisse tinha de ser inventado.

— Exatamente, podia dar-se o caso de a sua mulher não o querer aborrecer. Aliás, é isso o que ela pretende, mas com más intenções. Ela trai-o enquanto o seu filho está nos treinos do futebol. Fá-lo no carro, um pouco mais adiante. Ou no dela, ou no dele.

— Então e o rapaz? Ela vai buscar o menino.

— Então não compreende que o rapaz não vê porque está a treinar? Nem se apercebe.

— Bem, já estou a ficar chateado.

— E o que quer você fazer, precisamente?

— Se calhar falo com a minha mulher. Você parece conhecê-la. Vou perguntar à minha esposa que conversa é esta.

— Não comece por aí. Apareça num dos treinos. Só em um. Quando a sua mulher chegar não duvide da sua desculpa. Ofereça-se para levar o rapaz consigo. Este é o primeiro passo.

— Você está a oferecer ajuda para *EU* descobrir? Olhe que não pedi nada.

— Estou a ajudá-lo porque preciso de uma coisa da sua parte. Depois dir-lhe-ei o que é.

— Perdão? Quer uma coisa da minha parte? Que coisa quer?

— Depois dir-lhe-ei o que é.

— !? — João fez uma careta. — Não tenho nada para si, amigo, pode ir pregar para outra freguesia.

— Até amanhã ou até logo. — Disse, levantando e baixando a mão em jeito de aceno.

João continuou até ao seu carro, mas não deixou de pensar na proposta deste indivíduo. No fundo, no fundo, queria ter a certeza, embora não soubesse se era para calar-se a si próprio, ou se para calar aquele enfezado com a mania que sabe tudo. A Morte; ah, pois, e ele era o Marylin Manson.

É verdade que a sua vida sexual já foi melhor, e já não falavam tanto como no tempo de namoro, mas caramba, isso não chega para uma mulher procurar outro homem. E para mais sendo casada e com filhos.

João chegou ao carro, finalmente, tão longe que estava hoje, e reparou que só foi aos treinos do filho no início de cada época. Os jogos, ainda ia vê-los, mas os treinos, nunca pôs os pés em qualquer outro que não fosse o primeiro de cada ano. Às vezes ainda ia ao último, se fizessem um convívio com churrascada.

Havia uma razão para isso: é suposto as mulheres cuidarem das crianças porque têm mais tempo e mais jeito.

-x-

Estava um dia limpo, daqueles em que está calor ao sol e frio à sombra; se uma pessoa vestir roupa quente não consegue estar ao sol; e se estiver vestido como se fosse verão não consegue estar à sombra. Era um desses dias. João vinha pela sombra, absorto nos seus pensamentos (a pensar no serviço que a menina do costume lhe acabou de prestar); ele gostava de certos serviços que não deixava a esposa fazer (exatamente porque as esposas não fazem esses serviços) e por isso não considerava traição. E então foi forçado a interromper esses pensamentos.

— Bom dia.

— Ora aí está você, a Morte ou o quê. Então, é hoje que vai dizer-me o seu nome?

— O meu nome é Morte. Já tive outro, antes de aceitar estas funções, mas não me lembro. É uma espécie de alcunha, deixaram de me chamar pelo nome verdadeiro e eu esqueci-o. Deixou de fazer falta, percebe?

— Bom, como queira. Eu fui lá ao treino e realmente a minha mulher não assistiu, esteve fora quase até ao fim. Depois disse que tinha ido às compras.

— Foi às compras… E o que tinha ela comprado?

— Mostrou-me um CD já aberto e com riscos na caixa.

— Pois claro, via-se que era usado. E você, como se aguentou?

— Eu fiquei com vontade de procurar o homem e matá-lo, mas não sei quem ele é. Você, que diz ser a Morte, não pode dar um jeito?

— Não vai nada matar o homem, então! Será que ela disse a ele que é casada? Ele não a forçou, senão ela ter-se-ia queixado, não é?

— Hã? Bem… Realmente ela pode não ter sido ludibriada. Mas isso faz de mim um otário, não é? O último a saber.

— Não é nada otário. Você confiou. É isso o que fazem as pessoas de bem.

— Eu nunca a traí, sabe. Não sei se tive oportunidades, mas o que é certo é que nunca pensei nisso… Afinal… Hã… Mais valia…

— Não se vá abaixo. Faça assim: eu estou a ver que você ainda tem sentimentos pela sua senhora, envie-lhe um ramo de flores para o emprego. Não se preocupe quais são as flores, apenas se preocupe que ela saiba que vêm da sua parte. Junte um cartão com letra bem grande; não precisa de mais nada para além do seu nome e da palavra 'amo-te'. Faça isso, voltamos a falar daqui a dois ou três dias.

João ficou a matutar no assunto enquanto descia a rua. Uma escolha entre reconquistar a mulher ou matar o amante. A escolha óbvia era proibida por lei, a outra opção era o reconhecimento da sua estupidez. Que fazer? De qualquer modo, se matasse o homem continuava sempre a ser o marido estúpido e cego, e continuava a ter de lidar com a esposa. Será que valia a pena reconquistá-la? Se calhar nem a tinha perdido.

-x-

Na cidade não há pássaros a chilrear ou vacas a mugir; há buzinas e roncos de motor. Mas todos gostam de viver na cidade; queixam-se de não terem qualidade de vida, mas quando a encontram querem voltar à cidade. É assim a vida: uns podem e não querem, outros querem e não podem e outros há que não sabem o que querem e não chegam a saber se podem.

O centro comercial estava apinhado à hora do almoço. As pessoas almoçavam, mas havia quem fizesse compras. Roupa, telemóveis, mp3 e cartões de memória. Livros e revistas. Tabaco também. Havia quem apenas admirasse a montra, ansiando por mais dinheiro, desejoso de mais bens de segunda necessidade convencidos de serem de primeira. Os bens de primeira necessidade, esses, estavam garantidos há muito. Havia também a prestação de serviços, mas estes não se encontravam no centro comercial.

Apesar das dificuldades económicas o crédito acompanhava os desejos, o consumo subia e a vida parecia correr bem a todos. A todos exceto João, que foi abordado, novamente sem dar por isso.

— Boa tarde. Então como tem passado?

— Está mesmo interessado em saber como estou, ou a pergunta é uma mera formalidade?

— Assim tão mal, hã.

— A mulher anda a pôr-me os palitos e ainda me responde torto, está à espera de quê?

— Sim, mas repare, não podíamos estar à espera de resultados já. Afinal, ela está com a cabeça noutro lugar, não podíamos contar com uma volta a 180 graus de repente. O que foi que ela disse, concretamente?

— Não disse. Gritou: 'És tão parvo. Porque é que foste gastar dinheiro em flores?'

— Chamou-lhe parvo de uma forma carinhosa, certamente.

— O tom de voz era agressivo.

— Não ligue a isso. A intenção era carinhosa, certamente, ela não deve ter reparado na forma como disse.

— Sinto-me como um tapete, parecia mesmo que estava a ser espezinhado. Só me apetecia gritar com ela e apertar-lhe o pescoço.

— Não diga isso. A esperança é a última a morrer, e olhe que está a falar com a Morte. Eu sei do que falo.

— Não acredito que haja esperança.

— Pois acredite. Você não deseja a morte à sua esposa, pois não?

— Quer dizer... Eu não posso matá-la, é proibido, mas...

— Não. Você não vai pensar assim daqui a uma semana ou duas.

— Você quer que eu ature uma situação destas?

— Tenha calma. Vamos tentar outro passo. Um de cada vez.

— Mas porque é que hei de tentar mais?

— Já lhe disse: vou precisar de um favor lá mais para a frente, e preciso que você esteja casado.

— Precisa de mim casado... Que raio de favor é esse que precisa de mim casado?

— Ainda não lhe posso dizer qual é. Vamos fazer o seguinte: desta vez vai levar-lhe o pequeno-almoço à cama. Não vai ser no domingo, tem que ser já amanhã. Aos domingos é fácil, tem menos valor. Além disso, durante a semana deixa-lhe menos tempo para pensar e mais tempo para ficar satisfeita. Terá que se levantar mais cedo mas valerá a pena. Vamos a isso?

— Tem a certeza do que está a dizer? É certo que eu acredito no casamento para a vida toda, mas há limites. Este é um deles.

— Sim, tenho a certeza. Vá lá, homem, você também tem que fazer um esforço.

— Vamos lá a ver, vamos lá a ver...

— Até amanhã então.

Dois dias depois, já se tinham passado duas semanas desde o primeiro encontro, João encontrava-se cada vez mais deprimido. Um homem como ele, que cumpria com as suas obrigações, esforçava-se por manter o emprego de forma a colocar comida na mesa e pagar a renda, não compreendia as razões. Ele não merecia isto, pensava. Porque é que as mulheres são fracas?

— Bom dia.

João estava tão ansioso que nem se preocupou em dar os bons dias ao seu interlocutor. Nem reparou aonde estavam, se havia mais alguém a ouvir, nada. Disparou imediatamente:

— Ela perguntou – gritou, melhor dizendo – porque é que eu ando a fazer estas coisas.

— Essa pergunta só tem uma resposta: diga que a ama muito, um homem não precisa de motivos para agradar à sua mulher.

— Ela chamou-me estúpido, parvo e ...

— Com certeza que ela não pretende dizer essas coisas.

— Claro que quer; ela já não me ama, está tudo terminado, eu sei...

— Não pense assim. Amor com amor se paga e ela arrepender-se-á de dizer essas coisas. Quando for chamada à razão ela própria verá que não disse as palavras corretas.

— Mas o que faço, entretanto?

— Faça de conta que não é casado, está ainda na fase inicial do namoro. Faça de conta que nenhum de vocês dois está seguro do outro, estão ambos com dúvidas se este outro será o parceiro ideal.

— Huumm?

— Ofereça-se para arrumar a cozinha e engomar a roupa. Lavar a louça é com a máquina, não há de custar muito arrumar a cozinha; engomar a roupa é que custa um pouco mais.

— Nunca engomei na vida.

— Se não sabe engomar, tanto melhor. Quando ela começar a ralhar porque está mal feito, peça desculpas e deixe-a ralhar. Se ela disser que vai engomar faça por estar com ela perto da tábua; mostre interesse em ver como se faz. Não responda a provocações.

— Arrumo a cozinha e engomo a roupa. Mais alguma coisa?

— Sim, ofereça-lhe outro ramo de flores ao mesmo tempo. Escolha flores diferentes das da outra vez.

— Estava a falar com ironia, homem.

— Não se lembre disso. Não pense que a sua esposa o está a trair; lembre-se antes que ainda a ama.

— Eu queria ir embora, desistir disto tudo e enfiar-me numa cidade onde ninguém me conheça.

— Desistir, só quando esgotarmos as armas todas. Ainda é cedo para falar em desistir.

-X-

A televisão informou que o PIB manteve-se praticamente inalterado neste trimestre que passou; a inflação também não sofreu grandes alterações. O governador do Banco Central esclareceu, em conferência de imprensa resumida e comentada na televisão, quais as medidas que ia tomar para manter a inflação controlada e ajudar ao aumento do PIB.

Apanhando a boleia dos bons sinais macroeconómicos, o governo anunciou a compra de novas composições para os comboios da linha urbana e a abertura de concurso para as linhas nacionais, intervalados a espaços de dois anos, começando pelos regionais.

A oposição queixou-se que as composições compradas não são as ideais para o serviço naquelas linhas e os outros concursos já deviam estar abertos há muito, esquecendo que alguns deles estavam no governo apenas há três anos atrás.

Os da esquerda marcaram uma greve no setor ferroviário como forma de protesto e os centristas prometeram um projeto de lei para obrigar essas composições a um serviço mínimo; competia ao governo aprovar esses projetos e devia fazê-lo rapidamente se realmente queria ajudar a população como dizia.

Isto tudo e mais alguma coisa passava na televisão. Na cidade passavam-se outras coisas. João não dava nem por umas nem por outras. Ficou ofuscado e passou a estar mais atento à cara das pessoas a ver se via aquele sujeito que diz ser a Morte. E encontrou-o.

— Então, hoje não me diz bom dia? — Disse com verdadeiro espanto.

— Desculpe, não o tinha visto.

— Até calha mesmo bem. A minha mulher com exigências e você já não me liga. Até calha mesmo bem...

— Desculpe, a sério que não o vi. Bom, começou com exigências...

— Pois, começou a dizer que o carro está velho a gastar muita oficina, não tem roupa para vestir precisa de dinheiro para a roupa, a casa também precisava de umas obras, e as crianças estão a ser muito mal-educadas na escola em que estão, havia outras opções aquando...

— Calma, calma; não fale tudo de uma vez; eu preciso de o perceber.

— Por onde quer que comece?

— Não lhe disse que sabe o que se passa pois não?

— Não disse, mas haverá outro caminho?

— Pouca solução vejo. O melhor é aguardar uns dias antes de fazer outro mimo, a ver se ela muda de discurso no entretanto.

— Daqui a um bocado deito-me debaixo dela, não é?

— Não lhe apetece fazer o mimo. É compreensível.

— Com um comportamento destes quem pode dar-lhe atenção?

— Bom, você não pode ceder às exigências dela, sabe-se lá o que ela quer. Além disso, amanhã pode vir pedir mais.

— Se calhar estraguei tudo quando levantei a voz para ela.

— Já se mostrou zangado. O que é que isso tem? Não lhe bateu ou ameaçou, pois não?

— Levantei a voz.

— Levantar a voz, só por si, não tem grande mal.

— E também disse umas coisas que não devia. Falei do feitio dela, que devia tê-la conhecido melhor antes de casar. Falei da mãe dela.

— Então é assim, penso eu: deve mostrar-se zangado, mas não tão zangado. Tente mostrar-se chateado ou enfadado, não dê a entender que isso o incomoda assim tanto. O mimo, seria talvez uma massagem aos pés, ou algo parecido. Alguma coisa que mostre que apesar de estar chateado ainda se sente atraído por ela.

— Então e se ela voltar a gritar comigo?

— Não convém mostrar-se muito submisso e deixá-la humilhá-lo. Fale-lhe nas crianças, diga que elas precisam que o pai seja um homem.

— É isso o que tem para me dizer? As suas palavras são essas?

— Por hoje, sim. Voltaremos a falar.

— Eu não devia dar-lhe atenção. Não sei porque lhe dou importância a si. Se calhar o melhor é que você se vá embora e não apareça mais. Quero lá saber do que você quer.

João sabia que as suas palavras não diziam a verdade. Ele estava chateado era por não ter tempo de fazer análises. Ouviu dizer que um antigo camarada da tropa morreu recentemente de ataque cardíaco e ficou preocupado com os triglicéridos e o colesterol. Mas quem tem tempo de ir ao médico? E não valia a pena preocupar-se com o sal, não era ele que cozinhava. Os bolos ainda podia evitar, agora o sal...

-X-

Já havia passado um mês e meio desde o primeiro encontro entre a Morte e João. Este convenceu-se que a sua vida não podia piorar, só melhorar. Chegou ao fundo do vale e agora só havia que subir. Podia manter-se pelo vale, mas era uma questão de tempo até começar a subir o monte outra vez. Não havia outra possibilidade.

Já tinha perdido a ideia de matar o amante da mulher, já encarava o divórcio com desportivismo, afinal, há por aí tanto divorciado nos dias de hoje. As crianças ficariam com a mãe obviamente, ele tinha lá algum tempo para elas; quanto ao valor da pensão de alimentos é que estava mais relutante, a mulher trabalhava, não podia comer-lhe a carne e deixar os ossos para ele.

Não é que João estivesse a fazer planos futuros, mas era um assunto que lhe passou pela cabeça, obviamente. E continuava deprimido, mas não tanto.

— Bom dia. Como está hoje?

— Ehh, estou todo moído. A minha mulher pôs-se a gritar comigo à porta de casa quando vinha com as crianças do treino. Ainda não me recompus das coisas que ela me chamou.

— Provocou uma cena? Em público e à frente das crianças...

— Veja lá que até me chamou de manso.

— Ena. Quer desistir?

— Pois. Não vale a pena continuar nestes termos, não é?

— Então chegou o momento de lhe dizer ao que venho. Já lhe tinha dito que queria uma coisa da sua parte, não foi?

— E eu também já perguntei o que é.

— Você tem a certeza, certezinha, que quer desistir?

— Tenho, tenho. Há limites que não se devem deixar ultrapassar.

— Já lhe disse que sou a Morte. O que eu pretendo de si é o seguinte: você vai ocupar o meu lugar, substituindo-me.

— Como, substituí-lo? Como é isso?

— O que quero dizer é simples: você fica imortal, deixa de fazer a sua vida junto das restantes pessoas, a sua esposa incluída, e passa a fazer aquilo que eu faço, ou seja todos os dias vai ceifar uma vida, ou duas ou três, ou as que calhar.

— Mas porquê? Então é isso o que precisa de mim, que faça o seu trabalho? É isso que me está a pedir?

— Quero reformar-me, percebe? Estou farto de trabalhar.

— E como faço eu, ou faria, ainda não sei, o seu trabalho?

— Isso também é simples. Quando chega a hora de alguém, basta pôr-lhe no caminho aquilo que o fará morrer. Você (e eu também) não suja as mãos, basta pôr no caminho o buraco, o carro, o assassino, o vírus, enfim, aquilo que será conhecido como a causa da morte.

— Não sei... Nunca gostei de coisas muito mórbidas. Filmes de terror nunca foram os meus preferidos.

— Mas você quer continuar com a vida que tem? Vai divorciar-se e arranjar outra arriscando a dar no mesmo?

— Bom, de qualquer modo não estava à espera de uma resposta já, ou estava? Com certeza que uma profissão dessas tem implicações diversas, implica uma mudança de vida...

— Com certeza, pense lá no assunto. Quantos dias quer?

— Oh, sei lá. Ao menos até depois de amanhã, você apanhou-me desprevenido, nem sei se estou a perceber bem o que está a dizer-me. Acho que depois de amanhã saberei se estou a sonhar ou não.

— Até lá, então.

-x-

João não despertou do sonho. Passou estes dias sem ligar às provocações da mulher, levou com mais facilidade as tropelias dos filhos; nem reparou no tom de voz do chefe e os colegas implicativos não se lembrou quais eram. Não viu acidentes na estrada, não soube do incêndio no bairro residencial, a explosão na fábrica nortenha de pirotecnia não lhe disse nada.

Quando chegou ao dia do encontro ia tão bem disposto como se fosse ao aeroporto apanhar um avião para começar as férias numa ilha paradisíaca.

— Bom dia.

— Olá, bom dia. Então diga-me: essa coisa de ser a morte é para entrar logo no quadro ou estamos a falar apenas de um contrato temporário?

— É uma coisa definitiva. Para voltar a ser mortal tem que fazer como eu: arranjar um substituto.

— E se, quando eu precisar, não houver ninguém?

— Oh, há sempre alguém. Às vezes até pedem a Deus para os livrar desta vida. No seu caso fui eu que lhe disse explicitamente o que se passava, mas há casos em que os deixamos descobrir sozinhos. O adultério ou qualquer outra coisa que considerem uma maldição.

— E quanto ao pagamento?

— O que é que quer receber, dinheiro? A sua vida deixará de ser esta, passará a ser imortal. Não irá morrer de fome ou frio, dormirá no país que quiser, viajará de tele-portação e poderá ler o pensamento dos mortais. Precisaria de um salário para quê? Tem tudo à disposição.

— E isso seria para começar quando?

— Pode começar já.

— Já? Então e você?

— Não se preocupe comigo.

— Mas é mesmo já? Eu fico a Morte e você faz outra coisa, já?

— Imediatamente. Mas assim que disser que quer, é definitivo, não pode voltar atrás.

— Pois está bem. De qualquer modo, agora tenho uma vida da trampa, não devo ficar pior.

— Então, pronto. Hoje vai fazer a sua vida normalmente. Amanhã vai acordar noutra casa. É uma com escritórios, uma espécie de quartel-general. A partir daí vai acordar onde quiser. Posso dizer-lhe já que o seu primeiro trabalho é levar a sua mulher e filhos num acidente de automóvel.

— Quêêê, tenho que ser eu a levar os meus filhos? Não há mais ninguém para fazer esse trabalho?

— Não pode escolher. Você vai perder os laços emocionais com toda a gente, não se preocupe. Ossos do ofício.

— Mas no caso dos meus filhos devo precisar de apoio, não devo conseguir.

— Você não precisa de ajuda. De qualquer modo, na mesa-de-cabeceira desse quarto onde vai acordar há um manual de instruções. Leia-o uma vez, não deve precisar mais dele. Vai ver que é fácil quando começar a encarar o trabalho sem emoções.

— Que coisa. E você, vai explicar-me alguma coisa?

— Eu vou tornar-me mortal. Um dia você vai levar-me. Agora vá, vá fazer a sua vida como é costume. Não se preocupe que tudo está a ser tratado para mudar de hoje para amanhã.

— Vou fazer a minha vida... Saio agora e continuo como se nada se passasse?

— Sim, vá embora. Até logo.

— Mas já está? É só isto? Amanhã acordo noutro lado e já está?

— Pois, é só assim. Vá, vá andando. Até logo.

— Então e hoje, vale a pena continuar a trabalhar?

— Não pense em fazer nenhuma maluqueira. Nós temos um regulamento disciplinar também. Se não quer trabalhar, aproveite para descontrair, mas nada de maluqueiras, garanto-lhe que as sanções disciplinares são fortes e más.

Por esta é que o João não esperava. Tinha de cumprir regras? Mas isto, afinal, é um trabalho como outro qualquer? Até o contrato é verbal como naquelas empresas menores?

Só faltava dizerem-lhe que estava à experiência e se não resultasse era recolocado noutras funções. Funções essas que ele não escolheu, nem o iriam deixar escolher com a desculpa de aproveitar as suas capacidades de forma a não ser dispensado definitivamente.

Ora bolas!

Que grandessíssima mulher tu me saíste!

Minha rica, tu não vais casar comigo porque não queres. Dizes que eu mereço melhor... não.

Tu és a melhor. Tu não és uma p$$@. Tu és uma Diana, uma Sofia, uma Maria, uma Cristina. Não és p$$@, não. És Francisca, Alice, Eduarda, Gertrudes, Telma, Dina, Esmeralda.

Não és minha porque não queres, não é por teres o nome que tens. Não és minha, não é por vires da família que vens, é porque não queres. Não és a minha p$$@, mas também não és a minha Diana. Porque não queres.

Quando precisares de qualquer outra coisa da minha parte é só dizeres.

Qualquer outra coisa incluiria seres tu a levar-me ao altar. Se quisesses, seria eu a acompanhar-te. Compravas tu as alianças e dizias-me o dia em que devia comparecer na igreja.

Pois, porque quando eu disse que te levava ao altar disse-o a ti. Não perguntei quem é o teu pai para ir pedir autorização. Não perguntei se tinhas dinheiro para pagar a festa. Não indiquei a igreja nem inquiri se querias pelo civil. Não perguntei nem sugeri nem sequer me preocupei onde iríamos morar. Simplesmente disse que te levava ao altar.

Tu respondeste que não queres. Faltou, se calhar, pedir para seres tu a conduzir-me até junto do padre. Mas não deste espaço à reformulação do pedido. Quando sugeriste que eu mereço melhor estavas a dizer que há falta de espelhos em tua casa.

Nada mais conversaste, tão-somente não queres. Não disseste que te desagrada a ideia ou que arranjas melhor pretendente. Tão-somente não queres.

Ao dia de hoje continuas sem comprar os espelhos.

Pois muito bem. Adiante. A vida não pára.

Quando quiseres qualquer outra coisa da minha parte é só dizeres. Mas atenção: fazes-me ter vontade de chorar e é o teu ombro que me falta.

Bárbara

N voltou a passar pela loja. Não entrou; ficou do lado de cá da montra a olhar para dentro do estabelecimento. Aquela funcionária estava a moer-lhe os cornos. O que foi que ela viu no namorado que tem?

Agora que chegou à bonita idade de 34 anos, depois de conhecer as casas das várias Madame Prazeres, N entendeu que devia finalmente seguir o conselho da sua benquerida mãe: arranjar-lhe uns netinhos. Para este efeito aquela gaja parecia ter a saúde e a estrutura física ideais.

Escolhida que estava, andava a planear há algum tempo. Havia 2 opções: ou matava o namorado ou raptava a amada. Qualquer das hipóteses envolvia riscos e ele estava a planificar ponderadamente. O rapto da garina parecia ser a melhor escolha. Ele passaria como o cavaleiro encantado que veio salvar a rameira que estava no quarto mais alto da torre mais alta. As galdérias gostam de contos de fadas, passam a vida à espera de uma verga com título nobiliárquico. É exatamente por isto que ele não compreendia o namorado que ela tem: deu-lhe o Alzheimer mais cedo?

Enquanto N pensava neste assunto muito seriamente, a funcionária da loja, que não sabia ser a amada de N, continuava as suas funções normalmente. N nunca lhe confessou os sentimentos, por isso era natural que a sua amada não soubesse que o era. Hoje, dia em que ele se colocou à frente da montra, ela nem notou que ele ali estava. Tantos clientes admiram a exposição que está na vitrina por que razão haveria ela de pensar que N estaria a meditar noutra coisa? Ele estava, de facto, a planear como possuí-la e nem reparou haver ali produtos da loja em exposição. Alheia a N, não mostrava quaisquer sinais de, sequer, saber da sua existência; este continuou nos seus pensamentos.

Ele ia raptá-la e mostrar-lhe quem é o cavaleiro encantado. Quando ela se encontrasse a fazer a lida doméstica, pois, porque as mulheres nasceram para fazer as tarefas da casa, todas as pessoas sabem isso, iria reconhecer a felicidade de estar com ele. Ainda que não o reconhecesse de imediato, ele firmava-a de gatas e espetava-lhe uma, ou mesmo duas, e fá-la-ia feliz.

Se continuasse a queixar-se (uma remota possibilidade), iria deixar-se disso lá mais para a frente quando chegar a altura de lhe dar um filho ou dois. Todas as gajas sentem a felicidade suprema ao criar os filhos do seu homem.

Com o comprimento que ele tinha, rapidamente ela iria esquecer-se deste namorado. O trabalho da casa era secundário, estes 52 cm (foram bem medidos, foi no dia em que arranjou a revista com aquela atriz da série da praia, aquela que saltitava a toda a hora) entregar-lhe-iam toda a felicidade.

Neste momento N fez uma pausa nos pensamentos. A sua amada deslocou-se. Redirecionou a atenção e observou que ela estava em diálogo com um cliente da loja e estava de perfil. N tentou medir bem a silhueta. Apesar de conseguir apreciar a saúde e a compleição física, não conseguia tirar-lhe as medidas exatas porque a roupa não era justinha. O cliente dirigiu-se à caixa dos pagamentos e a sua amada para uma das bancadas; deixou de estar de perfil. N recomeçou as ideias onde tinha parado.

Pois, o rapto era a melhor opção. A hipótese de matar o namorado carecia da garantia de não haver saudades. Não queria matar a finória também. Se lhe desse para andar a choramingar pelos cantos da casa, teria de a aniquilar e isto era uma chatice porque depois havia que recomeçar todo o processo; era mais trabalho, mais tempo e ele não estava para isso. Nenhuma gaja merece mais que 10 minutos de atenção. Ainda que fossem duas ou três roliças não merecem mais que 10 minutos de atenção.

Afinal o tempo que um homem gasta na internet ou na casa da Madame Prazeres não é infinito. Se ele pudesse dar satisfação a estas cabras ainda podia dispensar a Net e a casa da Madame. Mas ele sabe perfeitamente que as vacas nascidas para esposa não podem levar atrás como as outras. Nem sequer podem despir-se. Ajoelhar, então... não se toca no assunto.

Uma gaja nascida para as tarefas domésticas e os filhos não pode ser tratada da mesma maneira que aquelas nascidas para satisfazer os homens. Ele percebe isto, todas as pessoas sabem, não é nada de excecional. Só há dois tipos de mulheres, não é preciso tirar um curso para saber quais são, não há nada de excecional aqui.

As catraias deviam vir com manual de utilizador e endereço de entrega logo à nascença. Assim ficavam cientes quem é o dono e não se embelezavam com um namorado para este ser trucidado um dia destes. Facilitaria muito a vida, tanto a um como ao outro, saber que ninguém iria com um cajado entregar esclarecimentos num dia próximo.

Claro que nesta hipótese do endereço de entrega convinha serem certificadas antes na capacidade de engravidar. Uma gaja que não consegue gerar descendência é meia gaja. Está bem que faz as tarefas domésticas, mas é sempre meia gaja. Ou fazem a labuta caseira ou vão trabalhar nas limpezas; têm tempo livre para isso e... pois...

Se virmos bem, Deus criou a Eva para quê? Para ajudar Adão a tomar conta da sucessão. Deus não criou Eva para satisfazer; se fosse este o caso, tê-la-ia criado antes do momento em que efetivamente a criou, para permitir uma pausa à vontade de Adão em algum dos momentos da distribuição de tarefas àquelas flores e libélulas todas. Ademais, havendo só um homem, o que ficaria Eva a fazer nos tempos livres se o objetivo fosse satisfazer?

Novamente, N fez uma pausa nos concebimentos, pois a amada saiu da bancada onde estava e dirigiu-se a outra. N voltou a tentar tirar-lhe as medidas. Não conseguiu e ficou danado. Resolveu entrar na loja. Resoluto, dirigiu-se à amada, que não sabia que o era, e disse-lhe: — Vem comigo.

A funcionária da loja olhou para a cara de N, não tinha a certeza se ouviu bem e respondeu: — Vou consigo? Aonde? Precisa de ajuda para escolher alguma coisa?

Rapidamente e gesticulando com as mãos: — Não, não quero escolher nada. Quero que venhas comigo e é já porque eu estou a dizer.

A funcionária, que continuava sem saber que era a amada de N, escancarou os olhos e, imediatamente, dirigiu-se a N, agarrou-lhe no antebraço, puxou-o até à porta e colocou-o lá fora. Disse: — Se precisa de ajuda peça com modos. — Voltou a entrar e fechou a porta.

N ficou a olhar para a porta sem compreender. Ele disse ao que vinha e não estava a perceber o que se passou.

Passados uns momentos, breves, entrou de novo e de novo dirigiu-se à amada, mas desta vez agarrou-lhe no braço, perto do pulso e levantou essa mão. Disse, em tom mais alto e mais agressivo: — O que pensas tu que estás a fazer? Eu disse para vires comigo.

A amada de N que, agora, tinha a certeza de ser mais do que uma simples funcionária de loja, soltou o braço que N tinha agarrado e, aproveitando o movimento que fez para se soltar, levou a mão mais atrás e de seguida projetou-a na face de N. Vendo que este abriu a boca, arregalou os olhos e empertigou-se, ela repetiu o gesto.

N fechou a boca, mas manteve os olhos arregalados. Olhou bem para a amada e esta estava apreensiva. Mas não recuou, olhou de volta, arregalando também os olhos sem desviar a cara. Agora N baixou os ombros.

Um dos clientes da loja apressou-se a obstruir o espaço entre N e a sua amada. Disse, tentando parecer calmo: — Não vale a pena fazer confusão aqui na loja. Não vale a pena fazer confusão aqui na loja.

N disse nada e aproveitou para sair, olhando em volta, desconfiado. Ao chegar à porta ainda olhou para trás, como se pudesse haver alguma coisa esquecida, alguma coisa por dizer. Quando saiu teve o cuidado de encostar a porta.

Dois ou três dias depois voltou à casa da Madame Prazeres e dirigiu-se à senhora, como se nunca tivesse frequentado o espaço: — Estas mulheres não querem casar, pois não?

Madame Prazeres olhou com atenção, séria, e respondeu: — Não, claro que não. E, em boa verdade, você também não. Se pode ter todas as mulheres que quer, por que razão vai casar só com uma?

N sorriu e disse: — Pois, é isso. Posso ter todas as mulheres que quero. – A senhora sorriu de volta e descontraiu a postura.

O casamento

Um casal vive maritalmente há mais de 13 anos e decide casar finalmente. Conheceram-se, namoraram, juntaram-se, tiveram duas filhas e alguns altos e baixos neste percurso.

No início era uma paixão impaciente, impetuosa e ardente, própria da juventude; cheios de energia, saíam muito, faziam-no muito, telefonavam-se a qualquer hora e todos os dias. Todos os motivos eram motivos para sair e estarem juntos.

Depois juntaram-se, já não era preciso telefonar, em vez de o fazer iam ver televisão e surgiram as dificuldades próprias do dia-a-dia e de quem não tem pais nem criados: coisas como esquecer-se de comprar o leite e amanhã já não temos para o pequeno-almoço, ou: é preciso limpar a casa e agora não estou para aí virado, faz tu, da próxima faço eu; na próxima continuava a não estar para aí virado.

Enfim, surgiram problemas que não eram financeiros. O dinheiro não era muito, mas dava para as despesas: não havia dificuldades em comprar alimentos ou roupa, podiam dar-se ao luxo de ir ao cinema e de ter um carro.

Também apareceram as dificuldades de quem tem filhos: o tempo não chega para nada, já não se pode ir ao ginásio exceto para acompanhar a filha; não se entendem sobre qual é o melhor infantário ou a melhor escola; a filha não lhe apetece fazer os trabalhos de casa ou arrumar qualquer coisa e o outro não liga em vez de dar apoio; ambos querem ficar em casa quando a filha está doente. Já não veem televisão.

Como têm consciência que a perfeição não existe, se fosse outro homem, ou outra mulher, os problemas não seriam os mesmos mas existiriam, conseguiram estar juntos durante mais de 13 anos e entenderam agora que podem oficializar a união e festejá-lo com todos os familiares.

Uma vez que têm duas filhas resolvem atribuir-lhes algum papel na cerimónia no sentido de fazê-las sentir como se aquele casamento fosse o da família toda. A filha mais nova, com 8 anos, segura o vestido, é dama de honor, e entrega as alianças. No caso da filha mais velha, com 12 anos, calhou-lhe fazer um discurso antes de o padre fazer a pergunta a que toda a gente sabe a resposta. O discurso é este que se segue:

O meu pai manda perguntar se entre os presentes há algum GNR. Está aqui alguém que seja da GNR? Ninguém?

Não há, pronto, também não faz mal. Ainda não lhe pagaram a porta estes anos todos bem pode esperar mais um bocadinho. Vocês não sabem que porta é, eu já explico.

Desde pequena que ouço falar desta porta. De vez em quando os meus pais discutem e uma vez ou outra nessas discussões o meu pai pediu o dinheiro da porta à minha mãe. Ela calou-se sempre. Eu perguntava, 'Mas qual porta?' A resposta foi sempre que eu era muito nova para perceber. E eu continuava abismada: 'Perceber uma porta'?

Bem, entretanto cresci e lá explicaram. Parece que a primeira vez que os meus pais se juntaram fizeram muito barulho. Ou pelo menos a minha mãe fez, ela não se lembra, o pai diz que sim.

Os gritos eram de tal ordem que os vizinhos chamaram a GNR. Eles bateram à porta, os gritos continuaram, bateram mais forte e os gritos continuaram. Gritaram eles que se não abrissem imediatamente iriam arrombar a porta. E fizeram-no. Com um machado rebentaram a porta e entraram por ali adentro.

Quando os meus pais se aperceberam, pois parece que não foi imediato, a mãe calou-se e o pai passou então a gritar. A mãe diz que se calou porque pensou que tinha ido parar ao céu, ao paraíso, ou coisa parecida. O pai olhou, sentiu umas dores agudas na carteira e passou a gritar: — 'A porta! Meu Deus, a porta!... Ai a porta! A porta!'

Quando o pai disse que eu ia ler esta passagem na cerimónia do casamento, a mãe levantou a voz: — Divorcio-me logo no dia a seguir! É que nem deixo passar mais um dia!

O pai, parvo como é – peço desculpa, não quis faltar ao respeito – disse: — Gostava de ver se és capaz.

Dormiu na rua nessa noite. A minha mãe mudou a cor dos olhos para vermelhos como um pôr-do-sol no verão mais quente. Colocou a mão no braço dele e disse enquanto o empurrava: — Estou capaz de matar. Vais dormir a outro lado porque não quero que a minha filha fique órfã esta noite.

— Deixa-me ir buscar o casaco e a carteira.

— Já! — E largou-lhe o braço — Ou não respondo por mim.

Não foi a primeira vez que o meu pai dormiu fora de casa. Nesses dias, depois de ele sair, a minha mãe chora, chora, chora... E de manhã, quando o meu pai volta, pois ele faz questão de tomar o pequeno-almoço connosco e levar-nos à escola, ela pergunta: — Então, isso gastou-se?

E ele responde: — Só tenho olhos para ti, querida.

E a conversa continua mais ou menos amigavelmente e tem continuado estes anos todos com pequenas variações: — Os olhos, pois claro. Já que não ajudaste a fazer o pequeno-almoço vê lá se pões a loiça na máquina. Fazes parte da família bem podes ajudar qualquer coisinha.

Vejo-os discutir poucas vezes, o que vejo mais é eles quase acabarem as frases um do outro. Não fazem de propósito, é que se escutam. Às tantas percebem o que o outro quer, para onde vai. Outras vezes, dão uma resposta que, a mim, parece não ter nada a ver. Mas tem, no caso da minha mãe vejo o olhar fulminante e percebo que quer chegar a algum lado. Já o meu pai não reage com o olhar, mas com outra frase, muito educada, mas certeira. Só percebo que pôs a panela ao lume pela resposta da minha mãe; ele tenta, mas não consegue controlar o que sai da sua boca. Daí dormir algumas vezes com o Sr. Estrela.

Houve uma vez que começaram a discutir por causa da roupa que ainda não tinha secado com a chuva:

— Não há roupa nenhuma no guarda-fatos, onde é que a arrumaste?

A mãe, chateada com a chuva e não com ele certamente, mudou os seus olhos como só ela sabe fazer e disse:

— Não vês o tempo que está? Sabes perfeitamente que não temos máquina de secar roupa. Não queres ir pôr a roupa por cima do aquecedor, o tempo que estás ai a falar?

Fez uma pausa, o pai não disse nada, e ela continuou: — Pois, porque eu não criada de ninguém, não me pagas para andar a fazer as tuas coisas. Deves pensar que és um lorde...

O pai não se alterou: — Não percebeste, querida, estava a perguntar pela tua roupa, a que trazes vestida, queria escolher uma peça bonita para ti a ver se íamos a algum lado mais logo. Mas pronto, se não queres ir...

— Mas sair aonde? Tu não gostas de gastar dinheiro, onde é que íamos?

— Só para descontrair, podíamos ir apanhar ar ao parque infantil.

— Eu tenho muito que fazer cá em casa, só se quiseres ajudar.

— Ajudo. Vamos dar uma volta e no regresso dizes-me onde te posso ajudar.

A mãe sabe que até pode ser mentira, ele não ajuda nada, mas fica calada umas vezes, outras vezes parece que dá a resposta para si própria em pensamento, e neste caso aceitou o convite. Não sei se o pai ajudou porque eles vieram mais tarde.

Quanto a mim e à minha irmã mandam-nos calar com um sorriso ou respondem-nos tão normalmente que até irrita. Às vezes só apetece gritar com eles a ver se partem mesmo algum prato. Mas se levanto a voz, levo, e o outro não me ampara.

Quando discutem ambos concordam que o sofá não é solução. O pai já ficou no sofá. A mãe diz que ele deve ter feito alguma ligação elétrica até ao quarto pois a temperatura cá em casa não deixa ninguém dormir. Nos outros dias, mesmo com a janela fechada a casa não aquece tanto. De maneiras que o meu pai já dormiu em casa do Sr. Estrela e a mãe está a ouvir este discurso até ao fim.

Desengane-se quem pensar que viver junto sem papel é melhor. Os meus pais têm-me a mim e à minha irmã, não são casados, e já foram a tribunal discutir a guarda das crianças. Nós obedecemos ao pai, diz ele. A mãe diz que quem manda lá em casa é ela. Eu não percebo nada e quando tento esclarecer mandam-me fazer os trabalhos de casa. Uma vez até já estavam feitos e obrigaram-me a repetir.

Quando foi da guarda das crianças a avó avisou-me que a mãe poderia chorar, às vezes o pai também poderia chorar, podiam discutir violentamente à minha frente e eu não devia pensar que tinha culpa fosse do que fosse; ambos viriam pedir para ficar com ela (ou ele), sobretudo iam dizer que gostavam muito de mim e oferecer muitas prendas.

Não percebi a avó. Ninguém chorou à frente de ninguém, as discussões foram como era costume, nada de violência, embora evitassem olhar-se diretamente de frente, e não houve prendas. Efetivamente disseram ambos que gostam muito de mim, mas isso já eu sabia.

Aqui devo fazer uns parênteses para explicar porque é que chegaram ao extremo de lutar pela guarda das crianças. Uma situação destas seria motivo de rutura e sair de casa para muitas pessoas, mas para os meus pais não. E porquê? Porque lá no fundo sabem que se arranjarem outra pessoa não ficam melhor, este é o companheiro que escolheram, não saiu na rifa. Cada um deles sabe lutar com o outro sem cair no ódio ou na humilhação, sempre com respeito.

O que se passou foi a escola. A mãe entendeu que devia pôr-nos no colégio privado, dar-nos-ia tudo de melhor. O pai queria colocar-nos na escola pública, aprenderíamos tão bem ali como noutro lado e o ecletismo social também ajudar-nos-ia a sermos melhores pessoas. Esta foi a discussão. A gota de água foi quando a mãe pediu a uma amiga para falar com o meu pai.

O pai diz que se fosse a minha avó, até compreendia, mas virem pessoas de fora fazer reparos na nossa vida de casal, isso não pode ser. Reparem que o problema não era simplesmente quanto se pagava nesse externato privado. A questão foi, mas com quem é que eu tenho de falar?

E teimaram tanto, um porque certas conversas não deviam sair da esfera do casal, outro porque eu quero é o melhor para as minhas filhas, que resolveram meter uma ação de poder parental no tribunal. Não se separaram, porque no fundo sabiam que gostavam um do outro, precisavam um do outro, as filhas precisam do pai e da mãe, foi com esta pessoa que se juntaram com todos os seus defeitos. Simplesmente, havia ali uma questão que eles sozinhos não conseguiam sanar.

E assim fomos todos a tribunal. Quando o juiz leu a decisão (que eu não percebi, confesso, era muito comprida, tinha muitas palavras e algumas eu não conheço), fiquei à espera de gritos ou lágrimas e que um deles me viesse buscar e fôssemos para casa. Mas não. Ficaram um bocadinho calados, só a advogada se levantou, e depois o pai disse para a minha mãe, em tom normal e cara séria: — Se queres podes ficar lá em casa, querida.

A advogada abriu mais os olhos, a mãe não virou a cara, mexeu os lábios e disse: — Pois, tu não és capaz de estrelar um ovo, consegues lá agora fazer o pequeno-almoço para as crianças. — Aliviando as feições continuou — Está bem, eu dou-te uma ajuda.

O pai insistiu no mesmo tom de voz e parecia que estava a fazer um esforço para não sorrir. — Mas vais ter de pagar a porta que me deves.

A mãe abanou a cabeça.

— Não sei o que vi em ti, realmente, um homem que nem o pequeno-almoço faz às filhas. — Abanou a cabeça de um lado para o outro mais uma vez — Tenho que lá estar, pois claro, senão morriam os três de fome. — Respirou fundo e olhou para ele. — Lá vens tu com a história da porta, bolas, já te disse que não sei de que porta estás a falar.

O meu pai esticou o braço para me dar a mão, eu levantei-me, levantámo-nos os três e fomos andando para a porta. Eu não estava a perceber muito bem e quando o meu pai se despediu das pessoas com um aceno de mão, foi aí que eu resolvi dizer qualquer coisa: — Pai, porque é que eles ainda estão lá sentados, não vão embora como nós?

— Devem ter alguma coisa para tratar, filha, deixa-os estar.

Não perguntei mais nada. A mãe começou a falar que não se lembrava se ainda havia leite lá em casa, o pai perguntou onde estava o carro e lá fomos. Agora que vão casar, a mãe já chegou a dizer que volta tudo à estaca zero. O meu pai respondeu:

— Ó querida, estava com ideias de falar com um advogado para perguntar se é mesmo assim. Agora não tenho dinheiro para pagar a consulta com isto do casamento, mas ainda hei de perguntar.

A mãe virou a cara com aqueles olhos que mudam de cor. O rosto parecia feito de pedra. — Talvez seja melhor ires procurar outra companheira. Tens a igreja marcada, só precisas de uma mulher ao teu lado. Vai lá procurá-la.

O pai pensou um bocadinho e instalou-se o silêncio. A garganta dele subiu e desceu.

— Eu não preciso de outra mulher. Ela não quereria este casamento, tu é que escolheste tudo.

A mãe continuava com a mesma cara de pedra e fogo. — Vai-te embora. Sai.

— Está a chover querida.

— Leva um guarda-chuva.

— Não tenho, sabes que eu perco sempre o guarda-chuva.

— Não te empresto o meu, desenrasca-te.

— É melhor não sair com este tempo, se me constipo como poderei ir ao casamento?

A mãe amaciou a expressão. — Pois, tens razão. As crianças estão tão entusiasmadas, iam ficar tristes.

— Pois, é isso, não posso sair sem guarda-chuva, por causa das crianças.

Na manhã seguinte o pai fez o pequeno-almoço para nós, só que deixou a cozinha toda suja. A mãe disse-lhe das boas antes de irmos para a escola, mas os olhos dela desta vez não mudaram de cor. Ele respondeu, quando íamos a sair:
— Não tenho jeito para cozinhar, sabes, nunca tive. Haveremos de fazer juntos a ver se aprendo alguma coisa.

Neste caso, da cerimónia do casamento, o compromisso foi que a organização e planeamento do casamento seriam feitos exclusivamente pela minha mãe para ficar tudo bem arrumadinho, uma festa bonita. O meu pai nunca perguntou nada, não disse nada e nunca ouviu preços.

Esta semana, agora há poucos dias, a mãe sorriu ao pai, deu-lhe um beijinho e prometeu que ia haver gritos na noite de núpcias. O pai devolveu o sorriso e o beijinho, mas, na dúvida, fez questão de colocar um cartãozinho com a vossa morada junto de cada presente, para o caso de devolução.

A mim, tanto um como o outro, disseram-me para dormir descansada, afinal, já tenho 12 anos e vou assistir ao casamento deles, uma festa que é suposto só acontecer uma vez na vida. A avó diz que não se entende com estes tempos modernos, mas não se importa de cozinhar de quando em quando. Agora que vão casar espera que se portem com juízo, afinal, o casamento é mais caro do que a porta.

No fundo, no fundo eu sei que eles gostam um do outro. Eles já disseram que podiam ter arranjado pior. Quando lhes perguntei se podiam ter arranjado melhor, o pai disse: — Se calhar até podia, mas com outra mãe tu não serias tão bonita.

A mãe respondeu: — Poder, até podia. Mas este não me saiu na rifa.

E pronto, passemos ao senhor prior. Estamos todos ansiosos para ouvir a pergunta, não é verdade? Em relação à porta, agradeço que ninguém a mencione, estou farta, fartinha, de ouvir falar nessa coisa.

O touro

Rute e Guilherme eram dois jovens que estavam a terminar a faculdade. Fizeram uma adolescência sem problemas de maior e nunca se conheceram porque viviam em cidades diferentes e nunca calhou visitarem cada um a cidade do outro, ou qualquer outra cidade, e encontrarem-se.

Também não se encontraram na faculdade. As suas vocações académicas eram diferentes e foram para diferentes cursos. Mas não tão diferentes assim, havia pontos em comum. Encontraram-se numa livraria à procura do mesmo livro para uma matéria que ambos aprendiam, cada um no seu curso.

Guilherme tinha a última cópia do livro nas mãos e Rute perguntou se podia ficar com ela. Guilherme respondeu que abdicava do livro em troca do seu número de telefone. Rute aceitou. Conversaram ali na livraria e descobriram que estavam ambos na faculdade em cursos diferentes, mas tinham tanto em comum, eram duas almas gémeas.

Ficaram fascinados um pelo outro e firmou-se ali uma amizade. As faculdades situavam-se cada uma na sua ponta da cidade por isso não se viam todos os dias mas telefonavam-se diariamente e cresceu uma cumplicidade entre eles que foi evoluindo e cimentando-se ao longo do tempo.

Estavam juntos ao fim de semana. Estudavam juntos, cada um com os seus livros, mas juntos. Nas matérias em comum comparavam notas, mas estas matérias eram cada vez menos ao longo dos anos por isso simplesmente estavam juntos, sentados lado a lado, a estudar cada um nos seus livros e apontamentos.

Quando não estudavam iam passear. Iam até ao jardim, aos vários jardins, até às exposições, aos concertos, passavam muito tempo juntos e a amizade evoluiu para um sentimento mais forte, mais duradouro. Passaram a fazer as férias longe da família. Reservavam apenas uma semana para a família e desculpavam-se com a época de recurso dos exames para assim terem mais tempo para os dois e não se cansavam de estarem juntos, era uma felicidade.

Conheceram-se no primeiro semestre da faculdade, estavam agora no último ano, o que perfazia quase três anos que se conheciam. Ambos estavam deslocados das suas cidades natais e quando vieram para a faculdade foram forçados a arranjar um quarto devido à distância. Agora, partilhavam um pequeno apartamento.

No dia de S. Valentim Rute e Guilherme passeavam pelas ruas da cidade. Faltava algum tempo para o almoço e iam espreitando as montras nos intervalos do diálogo. Pararam no Alexandrino e espreitaram as camisas a 34 euros mais as gravatas cujo preço não se percebia; a seguir à porta, ainda no Alexandrino mas do outro lado, viram os vestidos em promoção e fizeram comentários à facilidade com que podiam despir aqueles vestidos se os comprassem.

Continuaram, devagar, o objetivo era estarem juntos, e passaram por uma mercearia. Não houve comentários acerca do que iria ser o almoço, apenas passaram pela mercearia e logo a seguir uma agência bancária. Aqui não surgiram conversas sobre o futuro dos filhos que ainda não tinham. Conversavam, alheados do mundo, sobre o filme que iriam ver e a cama onde iriam dormir depois de o ver.

Havia uma praça de touros ali perto. Hoje iria haver uma corrida de touros, e o facto de ser dia dos namorados não interessava para os organizadores nem para os aficionados.

A corrida iria ser à tarde como era hábito no mundo tauro-máquico para dar tempo ao ajuntamento dos touros antes da corrida na praça, ocorrência que se estava a processar neste preciso instante em que o casal passeava não muito longe.

Sendo uma cidade, tudo está perto, tudo está longe, tudo pode acontecer ao mesmo tempo. Incluindo um assalto ao banco. Rute e Guilherme estavam junto à praça de touros que estava junto a uma agência bancária que foi assaltada no momento em que os touros estavam a ser mudados do camião para o interior da praça. Esta mudança é efetuada com umas cercas de madeira que indicam o caminho aos touros, mas o assalto correu mal.

Os assaltantes saíram do banco a correr e a disparar tiros para o ar. Rute e Guilherme assustaram-se, não só eles, muitas pessoas se assustaram, os touros também, e Rute e Guilherme fugiram, não só eles, também as outras pessoas, e também os touros fugiram. As pessoas correram para onde calhou, os touros, assustados com os estouros, deram umas cabeçadas nas cercas de madeira e partiram-nas e fugiram para onde tinham espaço. Rute e Guilherme fugiram cada um para seu lado, assincronizados, sem saberem para onde iam, tal e qual todas as outras pessoas.

Só que Guilherme foi de encontro a um touro que fugia em direção a ele. A direção que Guilherme escolheu foi de sentido inverso àquela que um touro fazia. Quando Guilherme viu o touro não foi a tempo de se desviar, o touro corre mais que um homem.

O touro colheu Guilherme. Enfiou-lhe um corno na zona do ventre apanhando-o de lado até à coluna vertebral. Guilherme estava a correr e a olhar para trás para o touro por isso estava meio virado. O touro colocou-se ao lado e virou a cabeça apanhando-o no flanco perto da anca e perfurando-o até à coluna. Elevou Guilherme no ar três vezes até ele se soltar e se estatelar no chão após o que o touro continuou a sua marcha.

Mais tarde, os bombeiros foram chamados, naturalmente, a polícia foi chamada, os assaltantes foram apanhados, os touros foram apanhados, a corrida de touros foi cancelada, várias ambulâncias vieram e os feridos foram levados ao hospital. Não foi só Guilherme que ficou maltratado, mas Guilherme ficou paraplégico em resultado do corno do touro ter tocado na medula espinal e tê-la rasgado. Por seu lado Rute não sofreu um arranhão. No dia seguinte foi visitá-lo ao hospital.

— Querido, como te sentes?

— Tenho algumas dores, mas estou bem; e tu, como estás? Safaste-te?

— Sim. Consegui fugir. Desculpa se não fugi contigo.

— Ah, eu teria feito o mesmo. Aliás, eu fiz o mesmo, só que tive azar, corri para cima de um touro.

— Ai, tenho tanta pena de ti...

— Não, não tenhas pena. Foi melhor assim.

— Que dizes? Melhor como?

— Antes a mim do que a ti.

— Ah, não digas isso, não devia ter acontecido a ninguém, é o que é.

— Antes assim.

— Não te preocupes. Estou aqui para ti.

— Querida, eu estou paraplégico. Já não posso satisfazerte.

— Arranjamos uma maneira. Isto não muda nada.

— Não posso obrigar-te, não somos casados.

— Mas vamos casar. Vai continuar tudo como dantes, vais ver.

— Não sei querida. Queres que vá à igreja numa cadeira de rodas?

— Não importa. Estou aqui para ti. Vamos continuar juntos.

— Não, não... Já não sou o homem que era.

A conversa continuou mais uns minutos neste tom após o que Rute se foi embora. Ia preocupada com o seu namorado e não tinha os pensamentos organizados, não conseguia acreditar que tamanha tragédia fosse possível. Voltou no dia seguinte, mas na receção disseram-lhe que não podia subir. É certo que tinha subido ontem, mas ontem não havia nada em contrário. Hoje existia uma ordem de restrição, Guilherme pediu expressamente para não deixarem subir a Rute. Estava lá o nome completo, era ela. Teria que resolver isso com Guilherme, mas não podia subir e vê-lo. Teria que resolver de outra maneira, eles não podiam fazer mais nada senão cumprir a ordem. Que era permanente, não era só para hoje.

Rute ficou sem saber o que fazer: estava a ser enxotada como se fosse uma galdéria qualquer. O que fazer agora?

Olhou com os olhos apertados para a funcionária que estava à sua frente, abriu a boca, mas faltou-lhe o ar.

Estava a ser enxotada – puxou os ombros para trás e esticou o peito – como uma galdéria – conseguiu inspirar – qualquer!!!

Foi um verão inesquecível

Foi um verão interminável, aquele. Foram umas férias in-terminaveis.

Eu costumava passar o verão com os meus avós. Nós viví-amos na cidade e os meus avós a 15km já estavam no campo. Era uma segunda casa, eu considerava-me mais a pertencer ao campo do que à cidade. Havia uma espécie de lagoa, agora não há porque construíram ali uma fábrica. Havia pomares e pinhais, agora não há porque os donos venderam parte dos terrenos para construir habitações. Ha-via cães e gatos para atirar pedras. Esses ainda há. Eu já não atiro pedras porque cresci, não sei nada quanto aos miúdos de hoje.

Foi logo a seguir ao início do ano que aquele sujeito apare-ceu cá na terra. Com esta coisa da União Europeia havia muitos estrangeiros a passar por cá. Procuravam casa para arrendar e trabalho. Alguns arranjavam as duas coisas. Mas aquele sujeito tinha uma particularidade: era negro. Era mais um que aparecia aqui, só que tinha a particularidade de ser negro.

O que é que isto tem de especial? Nós fomos à guerra co-lonial. O Zé Tonho morreu lá, o filho da Rosa Caixeira também. O capataz da quinta ainda se atira para o chão quando ouve uma porta a fechar com estrondo. A Maria já casou, mas passou muito tempo como mãe solteira. E apa-receu aquele sujeito.

Houve quem conversasse com ele. Soubemos que nasceu em França e não avançou mais nos estudos para além do obrigatório. Nunca casou pois era difícil arranjar uma namorada que o acompanhasse pelos vários países à procura de emprego. Também não viajava com outras companhias porque às vezes havia trabalho para um, mas não para dois ou três. E veio até à nossa terra porquê? Porque ouviu dizer que a fábrica dos alumínios estava a contratar.

Por acaso isto era verdade. A fábrica estava a contratar. Só que o dono tem o filho perneta por causa da guerra e alguns dos funcionários também passaram de alguma maneira pela guerra colonial. Na altura, já tinha sido há 20 anos, mas a perna do rapaz não cresceu, nem as outras cicatrizes desapareceram. O pai do Tó Zé não voltou e a mãe dele não conseguiu dar-lhe nem a escola obrigatória. O Zé Tonho e o filho da Rosa Caixeira deixaram cá os irmãos. A Rosa Preta também perdeu o filho e alguns meses depois o marido ficou debaixo de um trator. Não conseguiu voltar a casar, não foi por falta de pretendentes, foi por excesso de recordações.

De maneira que estávamos no início do verão e apareceu aquele sujeito. A fábrica estava a contratar, mas aquele sujeito era negro e havia muitas recordações da guerra colonial a preencher as instalações. Ele podia ter ido embora, procurar trabalho noutro lado, mas o coitado não tinha muito dinheiro e não havia indicações sobre a direção a seguir: não valia a pena sair daqui em direção ao sul se o trabalho estava no norte ou vice-versa. Este sujeito queria gastar dinheiro em transportes tomando uma direção mais ou menos certa, o que é compreensível.

Mas ele foi embora, claro. Não podia aqui ficar o resto da vida.

Por razões várias, os homens, mais do que as mulheres, gostam de beber muito quando vão ao café. Alguns não sabem beber e o Tonho Moleiro teve um acidente com o carro. Espatifou-o todo e ficou ferido com gravidade tendo perdido muito sangue. Levaram-no ao hospital, mas infelizmente, o tipo de sangue do Tonho é raro, AB$^+$. É difícil ter esse tipo de sangue em muita quantidade pois há poucos dadores e em período de férias a situação agrava-se. Como está bom de ver, por obra e graça do Diabo, calhou aquele sujeito ter o mesmo tipo de sangue do Tonho e este também ter sequelas da guerra colonial.

Não se podia falar com o Tonho pois ele estava em estado comatoso, mas falou-se com o tal sujeito. Ele não se importava de dar sangue. Nasceu em França, a guerra colonial não lhe dizia nada, embora compreendesse os problemas que advêm dessa guerra e das outras, mas era um ser humano que ali estava. Foi nesta altura que lhe começaram a dizer o porquê de um ser perneta, do outro ser um pouco nervoso, da outra ter um filho de cada pai.

Ele compreendia isto tudo e não foi preciso muito para o convencer a dar sangue. Ao fim e ao cabo era um ser humano e é disto que estamos a falar: da raça humana. Não se podia falar com o Tonho devido ao estado em que ele estava, mas certamente que ele preferia viver do que escolher o dador.

De maneira que o tal sujeito foi até ao hospital, várias vezes, pois o estado do Tonho era grave. Recuperava um bocadinho, voltava a piorar, recuperava um bocadinho... Entretanto apareceram outras complicações: fígado, coração... O Tonho andava para cá e para lá, foi um agosto interminável.

Setembro chegou e com ele também as melhorias do Tonho. Melhorou lentamente, devagarinho, afinal estava a sair de um acidente complicado. Mas melhorou o suficiente para os médicos explicarem-lhe o sucedido; a memória dele não lhe permitiu ver como foi o acidente (até porque o motivo tinha sido o álcool), mas lá foi compreendendo onde estava e em que condições. Dada a natureza da transfusão sanguínea, apenas lhe disseram que foi feita com um dador que respondeu ao apelo pois não havia sangue daquele tipo em stock permanente.

Disseram isto várias vezes e o Tonho acabou por perguntar quem era esse dador que mostrou disponibilidade para o ajudar. Com calma, lá disseram quem foi e o Tonho admitiu que é melhor estar vivo, com certeza, do que estar a olhar a quem fez o quê. Ultrapassada a questão da transfusão, o Tonho estava realmente a melhorar e perguntaram-lhe se queria ir recuperar em casa junto com a esposa e as suas comodidades habituais.

Acho que fazem esta pergunta a todos os pacientes internados. Parece que facilita a recuperação do doente, ou qualquer coisa. Consta que fizeram estudos sobre isto, lá no estrangeiro. O Tonho disse que preferia, sim senhor, e a meio da segunda semana de setembro, chamaram uma ambulância para colocar o Tonho em casa.

Ele foi, todo contente, e todos nós fomos visitá-lo naquele dia; lembro-me que depois do horário de expediente a casa do Tonho foi um ponto de paragem obrigatório. Se alguém perguntasse podíamos dizer que o Elvis Presley estava aqui a passar férias e tinha chegado hoje. Certamente que acreditavam.

Por isso ninguém esperava quando nessa noite, a meio da madrugada, ele telefonou a pedir novamente a ambulância, só que, agora acompanhada pelas autoridades. A esposa disse que ele já não é o mesmo homem com quem casou e cortou-lhe o pénis. Poucos sabem disto, aconteceu à noite quando as pessoas não estão por perto e não é um assunto agradável de falar, para mais quando o visado é um amigo nosso.

No hospital fizeram uma cirurgia, parece que se chama cirurgia plástica reconstrutiva, e colocaram o órgão como deve ser. Aconselharam o Tonho a apresentar queixa contra a esposa para evitar que ela voltasse a fazer o mesmo, mas o Tonho disse que não era capaz. Preferia morrer do que fazer uma queixa deste tipo contra a esposa. Fizeram-lhe ver que, sem a queixa, não a poderia impedir de estar perto dele em qualquer sítio deste mundo. A esposa já tinha sido ouvida e mantinha a convicção que aquele já não é o homem com quem casou.

O Tonho compreendeu, mas manteve-se resoluto, não iria apresentar queixa em relação à sua esposa. Ficou a restabelecer-se no hospital, claro, os médicos já não perguntaram se queria recuperar em casa. A dele ou qualquer outra. Entretanto, a casa do Tonho ficou a parecer uma capela em dia de velório: só lá ia quem tinha mesmo que lá ir e ficava só o tempo indispensável.

A recuperação do Tonho não foi muito complicada desta vez. A cirurgia não foi nada de especial e a parte psicológica, que todos esperavam ser a que viria a dar problemas, não se manifestou. Nunca saiu do hospital, mas todos o visitavam.

Quando finalmente os médicos lhe disseram que estava em boas condições de saúde, o Tonho despediu-se, apenas no hospital e só a quem estava por perto. Não chegou a fazer a queixa, mas também não se despediu da esposa ou de qualquer outra pessoa.

Disse, a quem estava por perto naquele momento, que iria partir para procurar casa e trabalho. Que não se preocupassem, iria com o tal sujeito, este sabia, porque já o fazia há muitos anos, como e onde procurar casa e trabalho. Estava confiante que iria correr tudo bem.

Saiu, com a roupa que tinha e nada mais. Pediu uns trocos, levou alguma comida do refeitório do hospital e, diz quem viu, que realmente iam os dois, o Tonho e o tal sujeito, a conversar, cada um com um saco ao ombro, como se fosse a coisa mais normal do mundo.

Quando me disseram desejei que a minha mãe tivesse dado à luz um nado morto. Não queria morrer, queria não ter nascido. Ainda hoje quero apagar este verão da memória.

Uma ida à farmácia

Eu e o Augusto conhecemo-nos cerca de um ano antes de casarmos. Encontrámo-nos por acaso no Centro Cultural de Belém e simpatizámos um com o outro. Penso que foi por sermos os dois algarvios em Lisboa sem amigos por cá. Houve uma química motivada pelas saudades, penso que foi isso.

Conversámos e começámos a sair. Nenhum de nós tinha dinheiro, por isso não saíamos à noite. Por não haver transportes públicos, não queríamos pagar o táxi. De qualquer modo não fazia diferença, ambos trabalhávamos por isso convinha deitarmo-nos cedo e podíamos divertir-nos à mesma durante o dia. Era a mesma coisa. Íamos até ao jardim do Mosteiro dos Jerónimos; no Padrão dos Descobrimentos também há lá um espaço verde. Às vezes a Fonte Luminosa. Quando chovia íamos até a um centro comercial. Procurávamos exposições ou concertos gratuitos, foi por causa de um destes que nos encontrámos no Centro Cultural de Belém. Mas a maior parte das vezes íamos até ao jardim, assim só pagávamos o almoço. Tínhamos de o pagar de qualquer maneira.

Por causa de não querermos pagar o táxi não saíamos à noite o que levava a que nos víssemos só ao fim de semana. Mas isso era suficiente, digo eu. O Augusto pelo menos nunca se queixou. Trabalhávamos os dois e ele até precisava do descanso aos dias úteis pois trabalhava nas obras. Ainda assim, foi um ano, todos os fins de semana, devia ter sido suficiente. Convivíamos desde manhã, almoçávamos juntos, e só nos separávamos à noite. Houve tempo para o conhecimento pessoal, para a intimidade, para estarmos sozinhos e acompanhados.

O problema surgiu quando eu engravidei. Devíamos ter tido mais cuidados. Senão os dois, pelo menos eu devia ter pensado nisso, afinal, sou contra o aborto, devia ter-me lembrado que o dinheiro fica apertado quando se tem um filho. Nessa altura chegámos à conclusão que devíamos viver juntos e começar uma família e procurámos casa. Só que a renda de uma casa era superior à soma das rendas dos nossos quartos onde vivíamos. Mas teve que ser. Casámos sem cerimónia, sem convidados, sem nada. Fomos à conservatória e já está.

Procurámos casa, mas esquecemo-nos da creche. Nunca mais me lembrei que precisava de pôr o menino numa creche se queria trabalhar. E precisava de trabalhar, não ia depender do ordenado do Augusto. Ainda bem que assim foi, da maneira como as coisas evoluíram. Durante esse período fui às consultas de obstetrícia sozinha. O Augusto ofereceu-se para me acompanhar, mas eu não o queria lá, para que é que precisava de uma vela ao pé de mim? Às vezes nem lhe dizia que lá ia.

Foi uma dificuldade nesse tempo porque havia que mobilar a casa. Comprámos quase todos os móveis em segunda mão. Encontrámos uma loja de usados ali na Almirante Reis e alguns foram por anúncios no jornal Ocasião. Encontrámos um bom berço e uma boa cama. A televisão é que teve de ser nova e foi uma das pequenas por ser mais barata e era só uma. Não tínhamos TV Cabo, claro. Ainda hoje não temos.

Mas pronto, lá nos desenrascámos. Depois do menino nascer já não saíamos tanto. Nem todos os lugares são bons para levar um bebé, por isso ficámos mais caseiros. Reve-závamo-nos a dar o biberão, a trocar a fralda, na cozinha. Até nos dávamos bem. Só havia um serviço de loiça por isso tínhamos que lavar os pratos a cada refeição, mas nunca nos zangámos, arranjámos sempre um esquema para nos organizarmos.

O problema foi quando o bebé de meses ficou doente. Eu reparei que ele tinha tosse, mas o Augusto queria esperar: 'podia ser que passasse, o menino não tinha febre', disse ele. Que coisa, o menino estava doente, tinha que ir ao hos-pital, não íamos esperar coisa nenhuma. Pelo menos eu não ia esperar, o Augusto não chegou a ir ao hospital.

Já era de tarde, ao fim do dia, quando levei o menino às urgências. O Augusto ficou em casa e eu passei horas à es-pera de ser atendida. Finalmente, quando me atenderam, deram-me razão: o médico passou medicamentos. Quer di-zer que o bebé estava doente, não é verdade? Fiz bem ter ido às urgências do hospital. Só que demoraram tanto tempo, já era de noite e as farmácias estavam fechadas. Eles não sabiam dizer qual era a que estava de serviço.

Fui para casa, até porque o menino já estava a dormir e deitei-o. Devia ser à volta da uma da manhã quando final-mente cheguei a casa. Deitei o menino e disse ao Augusto que precisávamos de ir buscar os medicamentos. Sabem o que ele disse? 'Porque não vais de manhã, a farmácia já vai estar aberta e o bebé pode esperar umas horas, está a dormir tão bem'. Francamente.

Quando ele disse aquilo nem queria acreditar; esperar umas horas! Então, se o menino estava doente precisava dos me-dicamentos, não era? Não íamos esperar umas horas. Ele ainda disse que havia na receita um medicamento para dar de 12 em 12 horas, era melhor começar a uma hora mais decente tipo oito ou nove. Mas eu disse na altura, e digo hoje, que o menino não podia esperar, estava doente, precisava dos medicamentos. E fui comprá-los.

Àquela hora não havia transportes públicos e assim chamei um táxi. Disse ao taxista para procurar uma farmácia de serviço e, sinceramente, nunca pensei que isso fosse muito complicado, mas o que é um facto é que ele demorou muito tempo à procura da farmácia. Eu estava à espera, calmamente, e ele andava pela cidade, mas não encontrou. Ao fim de duas horas disse-lhe: 'mais um bocado e não tenho dinheiro para pagar o táxi'. Foi só aí que ele se lembrou que podíamos ir a Sacavém. Ao fim de duas horas, vejam só, lembrou-se que em Sacavém só há três farmácias, uma delas tinha que estar de serviço. Eu concordei e lá fomos. Paguei do bom no táxi para andarmos a passear.

Quando cheguei a casa já era de madrugada. O Augusto ainda perguntou se eu ia dar o medicamento àquelas horas. Claro que ia. Não importava se era de 12 em 12 horas, eu ia levantar-me todos os dias para dar o medicamento. O Augusto disse logo que não ia passar noites em claro durante uma semana, mas ele é homem, os homens não servem para pais, não têm jeito.

Foi quando eu pedi ajuda para o dinheiro que paguei no táxi que o verniz estalou. Pôs-se a dizer que eu não precisava de ter ido à farmácia àquela hora. Perguntou porque demorei tanto tempo na farmácia, tive que lhe dizer que foi o taxista que não encontrava uma farmácia de serviço, aí ele disse uma coisa que tenho de lhe dar razão: eu podia ter ido à farmácia ali ao pé de casa e ter visto qual era a que estava de serviço; eles têm afixado na porta. Ele tinha razão, mas porque não me lembrou antes de eu sair? Porque não se importava é o que é.

Eu compreendo que nós dois ganhávamos pouco, mas este gasto era por causa do bebé. Eu gastei o dinheiro no táxi porque o menino ficou doente. Agora ele vir dizer que podia esperar pela manhã. Uma pessoa doente não pode esperar, não é verdade? O que é que interessa se eram quatro da manhã, eu ia dar o medicamento todos os dias à mesma hora, isso é que importa.

Foi neste momento que me esqueci de todos os sentimentos que nutria pelo Augusto. Todos aqueles convívios que fizemos, todo o tempo que passámos juntos, nunca me apercebi que ele fosse tão egoísta, tão desnaturado. Era a mulher dele com quem ele estava a falar, não estava a negociar uma gorjeta no restaurante ou o preço numa feira. De repente senti-me como se não estivesse em casa, mas sim com um estranho qualquer. Foi como se me tivesse chamado nomes feios e maldosos. Fiquei danada com o Augusto. Ele realmente não queria contribuir para o táxi.

Olhando agora para o nosso percurso penso que foi nesse momento que o nosso casamento terminou. Ainda permanecemos casados vários anos mais até ao divórcio, mas foi nesse momento que terminou. Não foi pela discussão que até nem foi grande coisa como discussão. Foi pela atitude. E ele é mesmo assim, vejo-o agora.

Breve encontro

Um bar na estação de comboios. Um casal numa qualquer mesa. Entra uma mulher que conhece o elemento feminino desse casal. Conversam, alheadas da presença de uma terceira pessoa na mesa. O homem disse nada, nem sequer boa tarde. Mas estava atento, não fez por desviar o olhar. A senhora que chegou fingiu não reparar. Após alguns minutos, o elemento masculino do casal sai para apanhar o comboio e mais adiante as duas senhoras apanham outro comboio juntas, com destino diferente do do homem. À pergunta "quem era aquele senhor?" não houve resposta. Nem um simples "não sei".

A senhora conhecida sai num outro ponto da viagem e o elemento feminino do casal continua até casa. Espera-a o jantar e o marido. Após o jantar há espaço para conversarem. Não é por terem assunto, apenas acontece não terem nenhum programa na televisão que façam questão de visionar. Habitualmente falam sobre os vizinhos ou sobre a manutenção da habitação ou o custo de vida que o governo não mitiga.

Numa pausa, porque a conversa de circunstância permite várias pausas, a senhora começa a recordar os últimos tempos em pensamentos para si própria, não antes de olhar, e pedir desculpa mentalmente, ao marido:

— ⊗ —

Numa qualquer quinta-feira, estava ela no bar da estação, a fazer tempo até à hora do comboio, entrou um homem. Coisa normal, estava numa estação de comboios e as pessoas aproveitam para ir ao bar, nem reparou nesse homem.

Saiu do bar, caminhou até ao cais do comboio e sentiu alguma coisa a entrar na sua vista. Um incómodo, não conseguia manter o olho aberto, começou a lacrimejar. Resolveu voltar ao bar e pedir um guardanapo e ajuda para limpar a vista.

Por coincidência, esse homem em que ela não tinha reparado, é médico, e ofereceu-se para lhe retirar o objeto estranho do globo ocular. Foi só nesse momento que reparou nele. Um homem bem-parecido, com voz agradável e gentil. Não conversaram muito, mas revelaram que às quintas-feiras costumam estar na estação àquela hora. E foi assim que, sem o admitir, marcaram um encontro na semana seguinte.

A semana foi passando, havia uma certa curiosidade em saber se o outro lá estaria, mas não tinham contactos para perguntar e também não o queriam fazer. Na quinta-feira seguinte lá estavam. Cada um precisava de regressar, ele, do trabalho diário, ela, da sua visita semanal à filial sul da empresa. Não apanharam o comboio do costume. Demoraram-se na conversa, na troca de olhares e na discussão sobre o pagador da despesa no bar: não era a velha questão se o homem paga ou se dividem; ela queria pagar a despesa.

Depois desta quinta-feira veio outra semana até chegar à próxima quinta-feira. A semana passou devagar pois os pensamentos não se organizavam, o ar de felicidade não desaparecia, os batimentos cardíacos ouviam-se no fundo da sala, a bexiga funcionava bem demais, o sono tornou-se inquieto, o apetite não aparecia às horas do costume, as refeições eram mais pequenas, a audição tornara-se mais apurada: conseguia ouvir o som dos comboios a toda a hora, até um pato a grasnar parecia um apito enferrujado. Foi uma semana longa.

Na quinta-feira seguinte falaram sobre os seus empregos, a vida diária enquanto cumpridores de horários e obrigações. A vocação de médico. A implementação dos projetos de arquitetura. Os boatos das enfermeiras. A falta de respeito pelas normas técnicas. O ónus de certos procedimentos. A procura de qualidade na obra final. A dureza de certos diagnósticos que demonstra bem a brevidade da vida. Uma marca para a posteridade. A ambição por um mundo melhor.

Falaram também nos poucos tempos livres que não têm, a música que já não conseguem ouvir por manifesta falta de tempo, os filmes que precisam de planeamento de forma a garantir uma janela horária disponível. Que saudades do tempo em que frequentavam a escola. Os sonhos ingénuos daquela altura.

Desta vez apanharam o comboio certo; já sabiam que se iriam demorar. A voz foi ciciada na despedida. A semana que se aproximava tinha o tamanho de um século inteiro. Agarraram nas mãos como se o destino fosse o estrangeiro. Ele partiu primeiro. Ela ficou a ver o comboio a afastar-se e não se lembrou que tinha de ir para o outro cais para apanhar o seu. Foi a voz no altifalante que a despertou para a realidade.

E, esta semana, vagarosa como a outra, foi mais fácil de suportar. A dúvida dissipara-se, era mútuo, a reflexão agora era outra: que fazer, que planear, com quem confidenciar. O segredo pesa muito e as forças são tão poucas. O futuro por escrever sem professor a orientar. Nunca pensou que a vida pudesse dar esta volta. Ah, os filmes mostram, os vizinhos falam que os outros fazem... Pois é: os outros. É isso: acontece aos outros. Nunca pensou que a sua vida tivesse alguma espécie de sal.

O encontro seguinte foi algo mais animado: aproxima-se um feriado! Quer dizer que não há horário a cumprir no emprego. De maneira que foi um misto de animação e ansiedade o sentimento dominante neste encontro. O sentimento era de tal ordem que dir-se-ia terem regressado à juventude. Os pensamentos dispersavam-se pois sabiam que este breve momento passa rápido, como se tivessem um prazo a cumprir com o objetivo de ter tudo planeado quando chegar o feriado.

Não queriam desperdiçar um segundo que fosse uma vez que demoraram tanto tempo a encontrarem-se, ficou a restar tão pouco; não podiam desperdiçar esta dádiva que não iria repetir-se com certeza, e, tal como os pobres não devem colocar no lixo as dádivas que recebem também eles não o deveriam fazer. Há quem espere a vida toda por um momento como este, era o caso de ambos, mas com eles a espera deu frutos e o mínimo que podiam fazer era não desperdiçar; quiçá, seria mesmo um dever, sob pena de não voltarem a receber qualquer dádiva que estará, certamente, planeada pelo destino contemporâneo de ambos.

A semana de intervalo foi mais difícil pois a felicidade expectável era de tamanho considerável tornando mais difícil gerir o silêncio da sua antecipação e planeamento na presença de desconhecedores do segredo (que eram todos os restantes seres humanos do mundo inteiro, daí o desafio ser digno de constar nos feitos para a entrada no céu ou para a obtenção da imortalidade ou, mais simples, para a cativação de um lugar ao lado do anjo maior).

Houvesse um quadro de honra para exibir e certamente o seu nome lá constaria. Tal como o herói não proclama os seus feitos nem recebe os louros, assim o nosso grão de areia na praia que é a população mundial admitia não fazer por ser conhecida nas redondezas do universo.

Por ser feriado tornava-se necessário, mas impossível, planear para outra oportunidade o que devia ser feito nesse dia. Ao raciocinar que "isto passa do feriado para..." automaticamente surge o pensamento "no feriado vou...".

Finalmente a quinta-feira feriado chegou. À hora marcada, no local combinado, lá estava. Calma (embora se pudesse confundir a excitação com nervoso miudinho) olhou em volta procurando a cara das pessoas. Como estava o tempo? Nem reparou. Estava concentrada. Apesar disso, olhava as montras não se esquecendo de verificar se havia reflexo de pessoas. Não se afastou muito, deu uma segunda volta e parou novamente a olhar para a cara das pessoas. Já não havia a excitação do início, mantinha-se a calma.

Curiosamente, passou por aquele local tantas vezes e nunca prestou atenção. Não sabia dizer que lojas havia ali, quantas, que produtos vendiam, se alguma fechou recentemente e foi substituída; em boa verdade, pensando bem, nunca prestava atenção ao ambiente ao redor. Resolveu fazê-lo agora.

Finalmente procurou as horas. Passou uma hora e qualquer coisa. Ele estava atrasado. Voltou a olhar a cara das pessoas e já não se lembrava que horas tinha visto. Procurou novamente as horas, desta vez viu com atenção. A diferença para a hora marcada era pouco mais de uma hora. Realmente, ele estava atrasado.

Olhou em volta. Não parecia que tivesse havido uma catástrofe, não havia pessoas nervosas ou a comentar alto ou que viessem a fugir de algo. Se não houve uma catástrofe, talvez um acidente menor. Ele vinha a pé, o que podia ser? Caiu num buraco? Deve estar à espera de ajuda para se levantar, coitadinho. Será que partiu uma perna? Ai, pobrezinho...

Não, não devia ser isso, não vamos pensar o pior. Se calhar simplesmente encontrou a rua vedada e tem que esperar até lhe darem autorização para continuar. O mais certo é estar preocupado por não poder comunicar a sua situação: era sua vontade vir até cá e está angustiado por não o poder fazer. Mas por que razão iriam vedar uma rua assim tanto tempo? Tem de haver outra explicação. Não vamos pensar o pior em termos de saúde, pode haver imprevistos, é certo, acontece a qualquer um.

Voltou a procurar as horas. E com isto resolveu procurar também o almoço. Enquanto olhava para o nome dos estabelecimentos tentou lembrar-se da hora que tinha sido combinada. Será que ela percebeu mal? Ou então era o local, estaria no sítio certo?... A memória não ajudava, não se lembrava das palavras exatas. Podia ser que estivesse enganada (em relação ao local e à hora, não havia dúvidas quanto ao resto).

Encontrou o nome de um restaurante. Resolveu procurar outro, não lhe apetecia almoçar muito apertada. Precisava de espaço, hoje. Não estava para sorrisos e amabilidades e escolheu a cadeira de frente para a parede. Por acaso, pensou, eles podiam ter pendurado um quadro ou uma fotografia. Não faria mal à imagem do restaurante ter ali uma imagem qualquer.

Almoçou sem pressa e quando chegou a altura de beber o café e pagar a conta voltou a procurar as horas. Viu que já passavam mais de 4 horas desde a hora marcada e pensou "aconteceu alguma coisa, seguramente". Ficou triste: acabaram de se conhecer e nem chegaram a levantar voo. Deve ser uma brincadeira daqueles lá em cima no céu; alguém se lembrou de passar o tempo, certamente não gostou da volta que o destino engendrou.

Saiu e foi dar outra volta pelas redondezas. Não havia pressa; não fez o que estava planeado, mas também não tinha nada planeado para outra altura que pudesse substituir o dia de hoje. De modo que foi conhecer as redondezas. Com o passar do tempo aproximou-se da estação de comboios que, sendo feriado, estava praticamente vazia, e escolheu um dos bancos para se sentar. Não tinha pressa, ia esperar pela vontade de regressar.

Estava a admirar o trabalho de arquitetura da estação, a pintura no teto, os frisos trabalhados, as esculturas em relevo nas paredes, metida nos seus pensamentos, não deu por se aproximar alguém. De qualquer modo estava numa estação de comboios, era normal que se aproximasse alguém. Só desviou a atenção para essa pessoa quando se tornou óbvio que estava a aproximar-se na sua direção.

Olhou e iluminou-se-lhe o rosto. Disse:

— Oh, então?

— Ai, não queiras saber. Um autocarro acidentou-se esta madrugada e não havia médicos suficientes de serviço no hospital. Foram acordar-me lá a casa. Estou aqui todo empenado, se pudesse deitava-me no chão e ficava já aqui.

Ela riu-se, aproximou-se e tocou-lhe no braço:

— Acho que não é preciso dormir no chão; com certeza arranja-se uma alternativa melhor se for mesmo necessário.

O homem deixou cair os ombros, inclinando-se um pouco e sorriu. Olhou para baixo, levantou a cabeça, tentou dizer qualquer coisa, mas não sabia o quê. Ficou ali parado. A senhora tocou-lhe novamente no braço, desta vez foi do ombro ao cotovelo e voltou ao ombro. Ficaram assim a olhar um para o outro durante um bocado.

A caminho de casa ficou a pensar na coincidência. Se tivesse tido pressa em chegar a casa passaria uma semana de dúvidas e lamentações. Não houve nenhuma assunção de compromisso, mas afetaria a autoestima à mesma. Qual a mulher que quer ser rejeitada? Para mais, sem aviso prévio ou uma palavra. É verdade que é um grão de areia na praia, ainda assim, é um grão de areia muito bonito, o mais bonito de todos.

Mais uma quinta-feira. Desta vez o elemento masculino partilhou uma ideia: que tal se organizássemos a tarde para poder demorar um pouco mais? Às vezes há trabalho extra que precisa de ser feito... Podíamos aproveitar para alugar um automóvel, ir à praia ou outro sítio e pensar em coisas mais interessantes. Há ali um forte antigo, é ponto turístico algo frequentado, mas, um bocado mais adiante, encontra-se um restaurante mais sossegado. Com um automóvel é possível encontrar os melhores locais para conversar sem interrupções. Mas atenção, é preciso voltar para casa sempre de comboio: é difícil explicar por que razão está um carro parado à porta de casa.

A ideia não desagradou à senhora. Aproveitou para lamentar que o marido não tenha ideias como essa. Ele gosta de ler o jornal; pois muito bem; mas podia ler o jornal nesse forte, não se dá o caso do jornal estar preso com umas cordas à mesa da sala. O homem achou graça. Ele próprio recebia queixas semelhantes da sua mulher. Não era por ler o jornal pois ele não tinha esse hábito; era por ler os apontamentos sobre medicina que precisa de reler para o trabalho. É verdade que isto não tem hora certa e local certo para poder ser feito e é isso que a esposa se queixa: quando surge outra atividade interessante (para ele, claro está) aquela é adiada. Que engraçado, acabou por dizer...

Durante a semana seguinte os pensamentos acabavam por ir parar ao automóvel. Tal como no feriado havia que planear a atividade laboral e os pensamentos acabavam por ir para ao automóvel. Quem não soubesse até diria que nunca andou de carro. Onde viveu este tempo todo? E, mesmo no feriado, podia dizer-se a mesma coisa: não havia feriados na terra dela? Não consegue pensar noutra coisa, sinceramente...

Nesta quinta-feira, como era hábito pois encontravam-se quando estavam de saída dos empregos, novamente foi ao fim do dia o encontro com automóvel. Deram uma volta a admirar a paisagem e os monumentos até escurecer. O que não demorou muito. Procuraram um local mais afastado e sossegado e pararam aí. Cada um puxou o banco para trás para aproveitar todo o espaço. Estavam nervosos.

Ela puxou as saias para cima e escorregou um pouco no banco tendo o cuidado de deixar as pernas separadas. Ele virou-se, só meio, desconfortável como tem de ser num carro, colocou uma das mãos por trás do pescoço da senhora apoiando-se no banco e levou a outra mão à cueca. Com alguma dificuldade em colocar os dedos entre a cueca e o baixo-ventre, lá conseguiu encontrar o clitóris e manteve-se por ali. A senhora procurou a cara dele com a boca, mas a posição assumida não permitia que as bocas estivessem à mesma altura.

Não estavam há muito tempo nesta atividade quando a senhora interrompe com uma exclamação:

— Ah! Lembrei-me agora do meu marido.

O homem parou, mantendo a as mãos onde estavam, e certificou-se que tinha ouvido bem. A senhora continuou:

— Se calhar não devíamos fazer o que estamos a fazer.

O homem afastou o tronco um bocadinho pouco, olhou de frente para a cara dela e disse:

— Isso é capaz de ter sentido, mas vamos falar nisso agora?

— Acho que é melhor. Que rumo vamos tomar a seguir? Acho que é melhor planearmos isto antes que nos arrependamos.

— Bem... Podias ter escolhido outro momento para conversa, mas pronto, vamos lá então falar; tínhamos de o fazer em algum momento.

Dizendo isto, retirou a mão da cueca e procurou uma posição mais confortável. Disse:

— Não me apercebi que trouxeste cuecas vermelhas. Escolheste a cor a pensar em mim?

— Sim. Não pude ir às compras para não dar nas vistas, aproveitei estas que já tinha. Dizem que o vermelho é mais sexy e estimula o desejo sexual.

— Não sei nada quanto a isso do vermelho, sei que te desejava ainda estavas vestida.

A senhora riu-se levemente. O homem continuou:

— Eu também trouxe uns boxers giros. Olha, – dizendo isto desapertou o cinto e baixou as calças – Estás a ver estes desenhos? São as posições do kamasutra.

A senhora olhou com atenção por um bocado, o homem apontou com o indicador e disse:

— Nesta aqui, ela está a fazer o pino. Deve ser impossível esta posição, isto foi só para a fotografia.

A senhora respondeu: — Pois deve ser. Quem é que consegue colocar as pernas nesta altura? Mesmo aqui no carro deve ser impossível. – Fez uma pausa e olhou para cima – Estás a falar nesta posição porquê? Estavas com ideias de experimentar?

— Não. Isto deve ser impossível. Falei por acaso.

A senhora apontou e disse: — E este volume, é para realçar esta imagem que está em cima?

— Este volume vai demorar um bocado a desinchar. Faz lá a conversa que queres fazer a ver se desincha mais rápido.

Dizendo isto suspirou e olhou para o lado. A senhora encostou-se no banco, ajeitou as saias e ele voltou a apertar o cinto. Viraram-se de frente para o para-brisas e não olharam um para o outro por uns momentos.

Finalmente o homem falou:

— Vamos lá então conversar. Pelo que eu percebo tens dúvidas.

— Sim. Por muito bom que isto seja temos de pensar para onde vamos. Somos ambos casados, vale a pena desmanchar 2 famílias?

O homem respirou fundo.

— Não é que tenhamos feito de propósito. Nenhum de nós andou à procura do outro... Ainda se precisasses do rendimento do teu marido...

— Certo, certo, mas repara, tens garantias que não possa acontecer algo semelhante a isto connosco, daqui a uns anos? Vamos agir por impulso agora e depois?

O homem abanou o tronco como se estivesse a retirar um casaco que estaria preso só pelos ombros. — O que queres dizer com isso? Ainda no outro dia disseste que me amas.

— Pois disse. E é bem capaz de ser verdade. Quem sabe o que é o amor e a paixão, essas coisas que os poetas falam. O que eu pergunto é: isso é suficiente para correr tudo bem? Vamos desmanchar 2 famílias convencidos que na altura aquilo não era amor? Tu não tens defeitos, eu não tenho defeitos, vai correr tudo a 100% porque nós não procurámos um ao outro e encontrámos amor, é isso?

— Admito que não seja a 100%, mas só agora te lembraste? É uma ideia que surgiu assim do repente, foi? – Virou a cara e olhou-a bem nos olhos – Podias ter feito a conversa antes de me mostrares as cuecas, quer dizer, está aqui um homem a pensar se o tecido é seda ou licra e de repente... Viste alguma coisa nova em mim, foi?

A senhora pigarreou, olhou para o lado e disse, voltando a face para novamente para ele:

— Não querendo desfazer, nem em ti, nem no meu marido, não era essa a intenção, serviu para desenjoar, mudar de ares... Tu és casado, compreendes o que estou dizer...

— Oh... Olha, olha... E precisávamos de andar aqui tanto tempo só para desenjoar? Não me parece que estivesses a desenjoar este tempo todo. Pelo menos, eu não estive. E fiquei com a impressão... quer dizer, não percebo é a conversa agora, se fosse noutra ocasião...

A senhora suspirou — Peço desculpa. Eu... – engoliu – Não somos nós que escolhemos os sentimentos. Às vezes acontece. No fundo somos seres biológicos, temos destas coisas. É só por dizer que temos de ser capazes de controlar a situação. Somos seres biológicos, mas não somos animais.

– Fez uma pausa e olhou para ele – Peço desculpa por ter escolhido mal o momento para fazer a conversa, concedo que tens razão neste ponto.

O homem virou a cara e olhou bem para ela. A senhora virou a cara após um segundo ou dois. Finalmente ele disse:

— Não estou a perceber muito bem. Queres esclarecer melhor?

Ela virou a cara e parte do corpo para ele e disse:

— Então é assim; sendo curta e direta, é assim: não vamos desmanchar 2 famílias só porque sim. Se não consegues alterar onde trabalhas, eu consigo escolher outra zona pela qual sou responsável. Portanto, ou arranjas argumentos bem convincentes ou mais uma semana, duas no máximo, eu resolvo a situação.

Fizeram silêncio, ambos a olhar um para o outro. Passado um bocado o homem, que era o condutor do automóvel, ligou o motor. Por alguns segundos meditou e seguiram.

O vento empurrou qualquer coisa em direção ao vidro da janela e a mulher reencaminhou os pensamentos para a realidade. Olhou para o marido que continuava sem prestar atenção. Não queria fazer a conversa, mas tinha de ser.

— Querido, às vezes podias ler o jornal noutro lado. O jornal não está preso à mesa, já reparaste? – esperou um momento para ver os olhos desviarem-se do texto — Por exemplo, podíamos ir os dois à praia e lias o jornal lá.

O marido olhou para um lado e para o outro — Hum? O que é que estás dizer? Queres ir à praia e precisas de mim?

Não estamos no verão... Incomodo-te com o jornal? –
Olhou para a esposa.

— Escuta lá o que eu te estou a dizer. Até parece que não
gostas de me ver em biquíni. Quando namorávamos estavas sempre a pôr-me a mão e a olhar. O que é que o jornal
tem assim de tão especial?

O marido endireitou as costas, deixou cair os braços, arregalou os olhos, e depois semicerrou-os, fixando o olhar na
mulher que estava ali à sua frente (e também estava a olhar
de volta) e permaneceram assim alguns momentos sem dizer palavra.

No comboio da manhã

Há tanto tempo viajo, não vejo nem escuto, durmo que nem uma pedra. O ritmo do comboio é o meu. Hoje vi uma rapariga neste comboio. Tão linda, tão simpática. Não falei com ela, mas quero, pois sei que é a mais simpática de todas. Linda como uma flor, vou falar com ela, está à distância de um simples aperto de mão. Será conversa de circunstância mas inolvidável seguramente.

O comboio não é o lugar ideal, todos estamos com pressa, há horários a cumprir, ordens a respeitar que impedem o livre funcionar das ações, mas não há outro local, onde a veria, se não no mesmo caminho que percorro, onde, em que lugar falaria com ela? Com cinco minutos apenas fica a imaginação a delirar, o desejo a dobrar, a triplicar, vezes cem, vezes mil. É minha, é tua, é de quem a agarrar, que egoísmo, quem quero enganar. Vou convidá-la para comigo falar.

Já não durmo, tenho taquicardia. Olho e não vejo, tenho a boca seca. O cérebro não funciona. Dúvidas há, haverá sempre. Qual o caminho, o do comboio? E se descarrilar, haverá mais trilhos? Indecisões mil. Para onde vai, que fortuna leva, o comboio? Da imaginação à terra do desejo, tanta ideia, tantos sonhos, tanta idealização. Sou só eu a ver este oásis nesta confusão? Tanta sede que eu tenho.

A vontade é uma mas o horário fracassa a oportunidade, cala os pensamentos que podem ir da simples curiosidade ao genuíno interesse. A curiosidade está lá, a hora é que mata o interesse, vontade submissa a ordens não presentes mas visíveis. Despertou-me o interesse, quem sabe mútuo, mas nunca saberei pois àquela hora a aflição dos lugares não deixa conversar.

Ai o destino, para onde vais, atrever-me-ei a seguir-te? Para onde vou todos os dias senão para outra fortuna que me prende, atrevo-me a falar? Ouço a tua voz aos outros e invejo os seus ouvidos, ouço as suas respostas e a minha boca silencia-se, queria ser outro que não eu para contigo conversar. Ai, já não durmo há tanto tempo. O ritmo do comboio já não é o meu.

De riso agradável, corpo magro e esbelto, sem saias, mas feminina, apresentação não muito clássica em tons escuros e contrastantes, cara harmoniosa aos olhares, este em particular, não afetuoso, desinteressado até, apesar do metro e tal e medidas outras na média ideal. Só falta falar.

Cavalheiro no sentar, elegante no vestir, falador nos silêncios, com sussurros escondidos e pensamentos revelados, como competir com o outro passageiro? Será medo, será ciúme? Ciúme não é, mortificadamente. E o medo não fala assim.

Não sou caçador, interessa-me alguém para me prolongar, para conviver comigo, para conversar. Uma amizade mais profunda, mas como falar, quem me dera voltar a dormir. Desprezo fingido, desinteresse simulado, timidez evidente, receio em força. Tanto esforço, tanta canseira, tanta deceção. Desejada recompensa, calada frustração, troféu alheio.

Quando o amanhã regressar vou dizer-lhe bom dia. Haverá tempo?

A desconhecida

Era um dia como tantos outros em agosto. O sol tinha nascido há pouco, e o tempo permitia usar manga curta às sete e meia da manhã. No comboio, a diferença deste dia para outros era que ninguém ia de pé, havia muitos lugares livres, exatamente por ser agosto.

Alberto era um homem à volta dos quarenta anos, tinha barba curta e pouco cuidada já com alguns pelos brancos, cabelo curto à moda da tropa e era gordo, 130kg para 1m71. Vestia calças de ganga azuis e camisa de manga curta com botões desabotoados no umbigo mercê do tamanho da barriga.

Todos os dias vinha naquele comboio, embora já tivesse calhado ter apanhado o comboio anterior em noites de insónia para ir tomar o pequeno-almoço a Lisboa. Apanhava o comboio que partia da Azambuja na Castanheira do Ribatejo. Nove minutos antes saía um desta estação, mas o destino era Alcântara Terra e Alberto queria ir para Santa Apolónia.

Num daqueles dias em que não teve insónia nem dormiu no comboio, um homem sentou-se à frente do Alberto em Alhandra e este não ligou; mais um passageiro no comboio. Mas reparou, na Bobadela, que ele espreitou à janela a ver se via uma certa rapariga. Claro, não deu muita importância, eram conhecidos é o que se podia concluir.

Quando a tal rapariga se sentou Alberto também reparou que ela era mais nova que ele. E reparou que era bonita, tinha uma figura jeitosa, era magra sem ser esquelética, com as curvas bem dimensionadas, cabelos pretos e face alongada. A roupa era sóbria como se não quisesse chamar a atenção, se calhar trabalhava a atender público e precisava de manter uma certa compostura. Não era justa, não usava decote, não usava saia nem mostrava os ombros. A camisola amarelo-torrado tinha uns folhos pela altura do peito e as calças eram pretas.

Durante a viagem, que já não era muito longa, da Bobadela a Santa Apolónia, os dois passaram o tempo todo a trocar sms; estavam ali ao lado um do outro, podiam tocar-se se se aproximassem mais um pouco, mas conversavam com sms. De vez em quando diziam qualquer coisa, mas era uma reação à sms.

Alberto achou aquele comportamento tão peculiar, embora soubesse que muitos o fazem, e perguntou ao chegarem a Santa Apolónia:

— Vocês são pai e filha, não é?

Não era bem aquilo que queria dizer, queria chegar às sms, mas não lhe ocorreu outra coisa. Os dotes orais do Alberto são um pouco limitados.

O homem riu-se e agradeceu o reparo. A rapariga ficou atrapalhada, encostou a cabeça no banco e olhou para o teto como quem pede ajuda ao Nosso Senhor, e apressou-se a levantar. Quando iam a sair o homem voltou a agradecer as palavras de Alberto.

Escusado será dizer que Alberto ficou atrapalhado também. Afinal a rapariga podia estar interessada nesse rapaz e ele estava a estragar o negócio. Não conseguiu responder ao homem, nem sequer conseguiu olhar para ele. Não abriu mais a boca. Durante o dia todo!

Uns dias depois, não muitos, certamente não mais de cinco, ia ele a dormir no comboio quando chegaram a Santa Apolónia. O sono era profundo, tinha de sair do comboio obviamente, mas como estava meio ensonado, deixou-se estar um bocadinho. Aquele casal do outro dia, já não estava na sua memória, mas... As pessoas foram saindo, ele estava na ponta da carruagem, e as pessoas iam passando por ele. E aquele casal também passou por ele. Nada de especial se não fosse a rapariga ter dito:

— Bom dia.

Alberto estava tão ensonado que nem respondeu, aliás, nem reparou bem que o tinham cumprimentado, aliás, nem estava em condições de falar, aliás nem estava bem consciente. Enfim, não estava desperto a cem por cento. Só quem já dormiu no comboio é que sabe. Quantos já deixaram passar a paragem onde se devia sair?

Só depois, passado um bocado, é que associou aquele 'Bom dia' com o seu emissor. Ficou a matutar se efetivamente foi para ele. A rapariga até era gira. E o homem, qual era o papel dele? Não era o namorado com certeza, senão ela continha-se. Seria um amigo? Irmão? Um homossexual samaritano?

Os dias passaram, talvez outros tantos, talvez mais do que aqueles primeiros, já estávamos naquela altura em que lugares sentados só até Alhandra, talvez até Alverca num dia bom. Em Santa Apolónia Alberto reparou que a moça estava de pé na ponta da carruagem, devia ter viajado de pé. Alberto tinha feito a viagem a dormir e não reparou se o companheiro de viagem veio. Ele entra em Alhandra e na Bobadela cede o lugar à menina. Um perfeito cavalheiro. Desta vez ela veio de pé, portanto, ele não deve ter vindo.

A moçoila estava numa ponta da carruagem e Alberto estava mais de meio para a outra ponta. A rapariga viu-o acordado e dirigiu-se para aquele lado e Alberto não queria acreditar; abanou um pouco a cabeça como se tivesse o pescoço preso e olhou para o outro lado, mas viu de esguelha que ela não deu parte de fraca e continuou como se realmente fosse intencional sair por aquele lado.

Alberto ficou a pensar, a magicar... Será que ela esperou que ele acordasse deixando o companheiro ir e ficando para trás? Naaaa, um gordo como ele que nem conseguia apertar a camisa? Não podia ser. Impossível.

Mas a ideia ficou; Alberto lembrava-se de vez em quando e maravilhava-se; sempre desconfiado: porquê ele? O que é que o gordo tinha de especial? Alberto era divorciado, uma horrível experiência, e tinha receio ao lado do arrebatamento. Podia ser a mulher certa para ele. E se fosse igual à ex-mulher? Igual, porque pior não há, garantido.

Contudo, a esperança é a última a morrer. E o amor vence o medo. Alberto ponderou se devia fazer dieta; se fosse mais magro ficava mais elegante e as mulheres dão importância às roupas. E já agora podia deixar de fumar, o cheiro é intenso e as mulheres gostam é de perfume. E tratou de ir ver como conseguir esses dois objetivos, Alberto não era um homem de pressas, só ia pensar nisso para já.

Voltou a vê-la no comboio uns dias depois. Alberto veio a dormir como era costume, porque o ritmo de sono não muda assim de um momento para o outro, só a viu em Santa Apolónia. Vinha sozinha e de pé, novamente. Desta vez estava no meio da carruagem, entre os bancos, mais próxima dele. Alberto reparou que ela parecia chateada, preocupada ou coisa parecida.

As pessoas foram saindo, Alberto estava à espera do melhor momento, e nem reparou que estava a olhar fixamente para ela. Nisto, a rapariga senta-se de frente para ele e começa a mexer no telemóvel. "Ótimo", pensou Alberto. Levantou-se decidido e foi ter com ela, que já estava a colocar uns fones nos ouvidos. Alberto reparou nesse momento que os olhos dela estavam marejados como quando estamos constipados ou tristes, mas não podia voltar atrás e mesmo assim falou, fazendo-lhe sinal com o dedo para tirar os fones:

— Tu és a miúda a quem eu disse aquilo do pai e filha, não é verdade?

— Sim.

— Podemos conversar um bocadinho?

— Ahhh, agora estou cheia de pressa.

Alberto ficou desarmado, o que fazer agora? Ela levantou-se, Alberto apressou-se a sair na frente dela e esperou à porta. Voltou a falar:

— Sabes, vocês parecem ter uma coisa boa, dão-se muito bem, são muito próximos, até mete inveja.

A cachopa não respondeu, mas acenou. Andaram uns metros, até à esquina do cais, Alberto olhou para ela e disse:

— Bom, então até à próxima...

A moça acenou que sim e separaram-se. Alberto diminuiu o passo para ficar atrás e ver para onde ela se dirigia. Era para o metro. Se fosse tomar o café por ali perto podia oferecê-lo noutro dia, assim não dava jeito. Nesse dia Alberto tomou a decisão de vir acordado no comboio. Ia passar a tomar mais um café na estação e iria trazer um livro para o ajudar a manter-se acordado.

Mesmo com o café o sono ainda aparecia, mas já não era tão pesado nem era toda a viagem. Na Gare do Oriente saem muitas pessoas e normalmente vagam alguns lugares. Um dia, talvez três dias depois da conversa, esse casal sentou-se no conjunto de bancos à frente de Alberto, a rapariga ia de costas.

Chegados a Santa Apolónia levantaram-se e ela olhou para o Alberto. Este tinha passado aquele bocadinho da viagem a mirá-los e, Alberto não sabia porquê, virou a cara para o lado imediatamente. Foi um movimento não disfarçado, Alberto não virou os olhos, virou a cara; tinha estado a vê-la levantar-se e ela com certeza notou o seu movimento brusco.

Os dois saíram e Alberto ficou ali a maltratar-se: porque tinha feito aquilo? Ele até queria falar com ela, mas que diabo se passou? Alberto não conseguia explicar, mas sabia que tinha ficado bastante mal na fotografia.

Nos dias seguintes, porque Alberto fazia um esforço para não dormir, passou a vê-la mais vezes. Alguns dias Alberto via o rapaz entrar, outros dias, não. E ela aparecia mais vezes sozinha, parecia que já não fazia questão de vir sentada. Alberto, parvo, fixava os olhos nela como se ela não o pudesse ver e pensava: "Como faço agora? Não posso chegar ao pé dela e dizer bom dia como se não se tivesse passado nada". E andaram assim talvez três, talvez quatro, talvez cinco dias. Alberto nem reparava que estava apenas a olhar fixamente, estava tão indeciso que nem reparava bem no que fazia.

Ao quinto dia, talvez ao quarto ou talvez ao terceiro, o comboio que veio era só de um andar. Na linha da Azambuja os comboios costumam ser de dois andares, mas por vezes lá vem um baixinho só de um andar. Alberto nem reparou onde se sentou o homem, mas reparou que ela tomou o lugar dele como fazia antes. E continuou a olhar feito parvo. O senhor estava de pé ao lado dela e a rapariga baixou a cara, estava a olhar para baixo; os olhos de Alberto desviaram-se e, a dado momento, os olhos dele e os do senhor cruzaram-se. O homem estava a olhar fixamente para Alberto como ele fazia à rapariga!

Alberto desviou os olhos, incomodado. Sentiu qualquer coisa. Ainda conseguiu olhar outra vez, o tal senhor já não estava a olhar fixamente, estava a olhar em frente. A rapariga continuava a olhar para outro lado apesar do companheiro de viagem lhe estar a dizer qualquer coisa olhando em frente. Alberto continuava a sentir qualquer coisa não sabia bem em que parte do corpo. Ainda antes de chegar a Santa Apolónia percebeu: tinha ciúmes. Não podia vê-lo nem pintado. Realmente eles eram unidos e era impossível separar aqueles dois, e Alberto até nem queria isso, afinal ele e a cachopa podiam não combinar, quem era ele para pedir essa separação?

Alberto decidiu logo ali acabar com o seu sofrimento: iria para o andar de baixo. O hábito era virem no andar de cima, ele iria para o andar de baixo. Acabaria por esquecê-la. De qualquer modo ninguém é capaz de predizer o futuro, quem podia garantir que eram mesmo feitos um para o outro?

No dia seguinte, uma sexta-feira, Alberto entrou e foi sentar-se no andar de baixo. Decidido estava, assim foi feito. Desta vez sentia qualquer coisa, ele sabia que sentia, mas não identificou o quê, apenas sabia que era uma espécie de dor. Mas manteve-se firme, tinha que ser forte.

Sentou-se e começou a ler. No andar de baixo até havia mais lugares que em cima. Alberto foi lendo e quando chegou à Bobadela não resistiu a olhar pelo canto do olho lá para fora. Virou a cara apenas o suficiente para ver pelo canto do olho. Não estava à espera, ela estava mesmo à beira do cais a olhar para o comboio. Não procurou a porta para entrar, estava a olhar para a janela!

A moçoila, claro, já vinha avisada desde Alhandra. E a cara tinha um sorriso que Alberto só percebeu, ou pensou perceber, quando chegou a Santa Apolónia. A razão por que a rapariga estava mesmo à beira do cais devia ser por estar escuro. Já estávamos em meados de setembro, os dias diminuíam e às sete e meia da manhã era escuro na rua como se fosse noite. Algumas pessoas já traziam casaco.

Em Santa Apolónia fez questão de os deixar passar e saiu então. Não resistiu e focou os olhou neles que estavam mais à frente e pareceu-lhe que a rapariga estava a dizer:

— Ele tem ciúmes!!!

O rapaz não respondeu ou, pelo menos não deu para perceber, ia muito direito, ao contrário dela que parecia muito excitada, gesticulava e andava de lado. Alberto não percebeu a razão de tanto contentamento. Nem tinha bem a certeza do que ela disse.

Na segunda-feira voltou a fazer o mesmo. Foi para o andar de baixo, agarrou na sua revista, e leu. No andar de baixo havia mais lugares e Alberto confirmou esse facto mais uma vez. Pôde escolher um conjunto de quatro bancos que estavam sem ninguém e sentou-se encostado à janela fazendo a viagem de frente para o percurso. Dos restantes três lugares, os dois da coxia foram preenchidos em Vila Franca de Xira ou Alhandra. Alberto não ia a reparar nos outros passageiros até que, em Alhandra ou Alverca, sentou-se uma loira fenomenal mesmo no lugar à frente dele.

Alberto ficou a pensar: hummmm. A loira tinha cabelo curto com madeixas mais claras e mais escuras, devia ter à volta dos 25 anos, vestia uma calça que evidenciava a curva das ancas, não tinha decote, mas os seios notavam-se e tinha um casaco curto que evidenciava a cintura. E estava a ler Sylvia Day!♦

Antes de chegar à Bobadela a loira levantou os olhos do livro e olhou para o Alberto. Ambos desviaram os olhos imediatamente. Alberto reparou bem na autora do livro que a moça estava a ler e pensou: "Será que está a sonhar com o amor e uma cabana? Será que acha que o amor é como nos livros?" Quando o comboio chegou à Bobadela, Alberto não resistiu, esqueceu a loira por momentos e olhou lá para fora. Desta vez inclinou-se para ver bem pois ainda era de noite. Viu-a a entrar de telemóvel na mão.

Não queria, mas continuou firme, não queria sofrer, mas tinha de ser forte. Deslocou os pensamentos para a loira. Até era gira. Será que procurava encontrar o amor eterno e romântico como se conta nos livros? Os seus olhos encontraram os da loira e novamente os dois os afastaram rapidamente.

Entretanto chegaram à Gare do Oriente e a loira levantou-se. Ali saem muitas pessoas, já se sabe, e algumas estão de pé desde Moscavide. A loira levantou-se e ficou à espera que houvesse possibilidade de passar para o corredor. Alberto ficou mesmo com os seios à frente dos olhos, ali, a parcos centímetros, e pensou: hummm.

Sentiu qualquer coisa na virilha, mas controlou-se e olhou lá para fora. Foi só nesse momento que se apercebeu que o comboio estava parado na Gare do Oriente. Depois da Bobadela Alberto costuma desligar da viagem até chegar a

---

♦ Sylvia Day é uma conhecida autora de estórias eróticas. Um exemplo conhecido, embora seja de outra autora, é o livro "As cinquenta sombras de Grey" que foi adaptado ao cinema.

Santa Apolónia por isso nem sabia onde estava. A loira saiu e Alberto não pensou mais nela. Em Santa Apolónia saiu do comboio e foi à sua vida como fazia todos os dias.

Passaram-se duas semanas. Alberto continuava a ler, mas havia uma sensação no peito que não o largava. Até aqui, a música que ouvia era exclusivamente dos Manowar♦. Agora Alberto descobriu que não gostava de todas as canções dos Manowar. Ele pensou que era da gravação: aquelas músicas foram ripadas para mp3 e ficaram mal gravadas. Mas não. Descobriu agora que afinal não gostava daquelas canções, passou a ouvir música pop dos anos 80. Normalmente ouvia no carro pois era onde tinha alta-fidelidade e potência a jorros.

Na semana seguinte, já era de dia quando apanhava o comboio na Castanheira do Ribatejo. A hora atrasou, já estávamos na hora de inverno e já não era de noite. Num destes dias, veio um comboio dos baixinhos como já havia acontecido outras vezes, e Alberto ficou em pulgas. Queria ver a rapariga mesmo que não lhe falasse. Teve azar. Não viu o rapaz entrar e também não deu por ela entrar. Estava sentado como sempre, mas tinha tanta vontade de a ver que não conseguiu estar quieto, virou-se duas ou três vezes para procurá-la. Não conseguiu vê-la. Nem conseguia ler.

Já em Santa Apolónia, em pulgas como estava, lembrou-se de ir para a porta da loja que ficava logo após o cais e fingir que estava a ler enquanto o maralhal passava. Não chegou a ficar ali dois minutos. Queria vê-la, mas tinha medo. De

---

♦ Manowar é um grupo de música Heavy Metal. Dizem eles que são os únicos a tocar o verdadeiro Heavy Metal referindo-se às letras sobre honra, morte, ressurreição e glória nas batalhas da idade média. Também têm canções sobre o Heavy Metal como modo de vida e sobre os Deuses de Valhala.

quê, nem ele sabia. Ficou, foi, com a certeza que estava apaixonado. Agora sabia a que se deviam as dores no peito. Mas o que é que ele podia fazer? Estava no andar de baixo. Agora como podia voltar? Alberto ficou todo o dia com a ideia na cabeça e finalmente, já muito depois do almoço, encontrou a solução. Era simples: voltava lá para cima como se nunca tivesse de lá saído. Depois logo se via.

E no dia seguinte assim fez. Voltou para o andar de cima e sentou-se num lugar qualquer. Deu pelo homem entrar e sentar-se num outro lugar qualquer. Não se preocupou com ele. Chegaram à Bobadela e não viu a rapariga entrar; assumiu que não veio, meteu férias ou qualquer coisa do género. Não pensou muito no assunto. Quando saiu em Santa Apolónia fê-lo sem pressas pela porta da frente e, qual o seu espanto, viu-a perto da ponta do cais, acompanhada pelo senhor do costume. Alberto não compreendeu onde ela teria vindo nem percebeu como se juntaram de maneira a passar à sua frente pois ela só podia ter vindo na porta traseira. A moça estava a olhar para trás e a dizer-lhe qualquer coisa. Alberto ficou a imaginar se estaria à sua procura. Era pouco provável, mas o amor é cego.

Mais um dia. O tempo já era de outono, fazia frio, e muitas pessoas traziam casaco. Alberto continuava em manga curta, fazia frio, mas não o sentia. Nesse dia, quando não a viu, pensou em procurá-la e levantou-se antes de chegar a Santa Apolónia. Ficou naquele monte de pessoas cheias de pressa que estão de pé ansiosas pela abertura da porta. Espreitou para a frente, mas não a viu. Ou ela não veio ou ia mais atrás.

Quando o comboio parou, Alberto saiu e deixou-se ficar mesmo defronte da porta encostado à parede a ver toda a gente passar. Passaram todos e nada da rapariga. Ou não veio mesmo ou ficou dentro do comboio. Alberto esteve quase, quase a entrar de novo, pois o desejo era forte, mas reconheceu que esta última hipótese era pouco provável, pois ela devia ter horários a cumprir como toda a gente, e foi-se embora. Continuava a doer-lhe qualquer coisa no peito, mas agora já sabia o que era.

No dia imediato voltou a sentar-se no andar de cima. Passaria a fazê-lo todos os dias. O homem, que Alberto viu entrar em Alhandra, trazia óculos escuros e sentou-se no grupo de bancos imediatamente a seguir, exatamente à sua frente e virado para si. Havia uma pessoa entre eles que ia de frente para ele e de costas para o Alberto. Como era hábito, o comboio vagou muitos lugares na Gare do Oriente e esse lugar entre eles ficou sem ocupante, ficando os dois virados cara a cara, com o pormenor que o rapaz estava a usar óculos escuros. Alberto não sabia para onde ele estava a olhar, mas a cabeça estava direita e Alberto não queria imaginar sequer que ele podia estar a olhar para si por detrás dos óculos escuros. Na dúvida, ficou incomodado, levantou-se mal o comboio saiu da Gare do Oriente e aproveitou para procurar a rapariga naquela frente da carruagem. Não estava.

Reconheceu agora que ainda não conhecia a miúda e já tinha ciúmes. Percebeu agora o porquê da agitação dela no outro dia. E percebeu o porquê de ter virado a cara naquele dia. Caramba, já podia ter encetado conversa, se não fosse este sentimento estúpido. Em Santa Apolónia Alberto saiu imediatamente sem olhar para trás. O resto do dia passou-o a pensar no assunto. Não correu mal o dia, só por dizer que mal se desconcentrava os pensamentos iam parar à rapariga.

Nesse mesmo dia, a seguir ao almoço, tomou uma decisão discutível e arriscada: amanhã viria no comboio que sai da Castanheira nove minutos antes deste, sairia na Bobadela e procurá-la-ia. Passaram muitas coisas pela cabeça do Alberto, incluindo uma reação mais temerosa por parte da rapariga, mas resolveu arriscar, seria o que Deus quisesse. Alberto não era religioso, seria o que a rapariga quisesse, com sorte acabava o seu sofrimento de vez. Ao mesmo tempo desejava que ninguém soubesse, só ele e ela.

E assim foi. Acordou mais cedo, fez toda a sua rotina da manhã meia hora mais cedo e apanhou o comboio expectante e nervoso e sentou-se na carruagem da frente. Tomou o café na estação, foi a ler, tudo normal. Quando chegou à Bobadela saiu e percorreu o cais à procura não fosse dar-se o caso da cachopa já lá estar à espera do comboio que vinha da Azambuja. Não estava. Ficou na ponta do cais mais perto da última carruagem que também coincidia ser mais perto das escadas de acesso ao cais. Ali podia vê-la chegar.

Alberto conhecia o apeadeiro da Bobadela porque já lá tinha ido fazer compras ao hipermercado. Foi lá que comprou um dos seus telemóveis. Eles tinham um parque de estacionamento para uso dos clientes do hipermercado, mas muitas pessoas usavam-no para deixar o carro e ir apanhar o comboio. Os gestores do complexo comercial não se importavam.

Ali no cais, escondeu-se por detrás de uma placa publicitária que tapava a vista para as escadas. Não foi de propósito, calhou estar ali a placa e Alberto achou boa ideia ficar exatamente encostado atrás. Talvez por não saber como iria abordá-la, não tinha plano nenhum, estava completamente à deriva. Ela tinha de passar por ali para chegar à frente do comboio.

Finalmente a rapariga chegou e Alberto queria falar com ela, mas sentiu um apertão na bexiga e os joelhos começaram a tremer. Que coisa, o que fazer agora? A moça passou e Alberto seguiu-a tendo o cuidado de deixar outros passageiros taparem a visão. Quando ela parou ficou a cerca de dois metros, tapado por várias pessoas que também ali estavam à espera do comboio. Olhava por cima dos ombros dessas pessoas, sentia o apertão na bexiga, tinha os joelhos a tremer tanto, o que fazer agora?

Quando o comboio chegou deixou-se ficar para último. Ficou a observar a rapariga misturar-se com as outras pessoas na confusão da entrada. Entrou em último e ficou de pé ali junto à porta. Havia mais pessoas junto à entrada, Alberto virou-se para a porta dando as costas a essas pessoas. Os joelhos pararam de tremer, mas ainda tinha uma sensação na bexiga.

Foi o resto da viagem a pensar sobre o que aconteceu, o que pretendia fazer amanhã, e quando chegou a Santa Apolónia saiu sem olhar para trás caminhando rapidamente. Passou o resto do dia abatido.

No dia seguinte foi apanhar o comboio noutra carruagem na outra ponta. Não bebeu café, sentou-se e fechou os olhos a tentar dormir para voltar à vida que tinha antes desta desconhecida lhe ter aparecido à frente.

Três cães e dois gatos

Tenho três cães. Na verdade, tenho um cão e duas cadelas. Ladram aos carros e às pessoas que passam, mas não me incomodam, dentro de casa ouço-os baixinho. Quando abro a porta que dá para o quintal vêm ter comigo, todos exceto a cadela que se chama Vadia. Tem este nome porque apareceu cá por casa quando andava a vadiar, perdida, e nota-se que tem receio das pessoas. Os outros dois empoleiram-se nas patas traseiras e encostam as patas dianteiras em mim à espera de festas, mas a Vadia não, vá lá que cheire a mão que lhe é estendida e mesmo assim só por um bocadinho.

Quando lhes abro o portão do quintal saem a correr e percorrem todos os Casais da Arriba até se cansarem. Às vezes trazem um coelho nos dentes e deixam-no aqui à porta. Deve ser coelho de coelheira, porque os outros fogem, estes, até já veio um vizinho queixar-se da falta deles. Infelizmente isto não pode ser. Nem os donos dos coelhos merecem isto nem os carros que passam têm que ter cuidado com os cães na estrada. Já experimentei levá-los à trela, só a Vadia não o admite, mas o Bobi faz força na trela a ver se a arrebenta e tanto ele como a Lassie não fazem grande coisa, não se sentem à vontade.

Também tenho um casal de gatos. Os gatos e os cães dão-se bem, os gatos vieram quando eram pequenos e eu habituei os cães a não fazer mal aos gatos. Ao princípio, quando apareceram os gatos, os cães ladravam e quando se chegavam muito ao pé deles, eu dava-lhes uma sapatada, assim aprenderam a não fazer mal aos gatos. Mas eu estou desapontado com os gatos. Quando eram pequenos estavam dentro de casa e faziam as necessidades no tabuleiro da areia, mas depois, ao crescerem, quiseram ir para o quintal e agora só vêm a casa para ir dormir e não me ligam nenhuma. Estou profundamente aborrecido com eles.

Os gatos gostam muito de saltar o muro e andar por aí. Entram no quintal dos vizinhos, escondem-se debaixo dos carros estacionados, mas julgo que não comem por lá, pelo menos, vejo-os aqui a comer. Os cães e os gatos comem da mesma tigela e quando vou lá colocar a ração vejo-os todos juntos. O Bobi gosta de ser o primeiro e os gatos esperam. Às vezes ele deixa-os começar e vai lá depois assoprar-lhes às orelhas. Eles percebem e ficam à espera.

Quando saio, os cães não dizem nada, mas se demoro muito a voltar fazem uma grande festa no meu regresso. E demorar muito pode ser sair à hora do almoço e voltar à hora do jantar. Grande festa que eles fazem, ladram ainda antes de eu entrar em casa e depois querem festas, apoiam-se em mim a pedir festas. Mesmo a Vadia, que não se aproxima muito, ladra bastante juntando a sua voz à dos outros dois. Já os gatos nada. Ouço-os miar sem razão aparente em qualquer altura, mas nunca fazem uma festa quando regresso. Nada.

Vivem todos no quintal, os cães e os gatos. Faz-me pensar como conseguem adaptar-se ao frio e ao calor. Quando chove não ouço os cães a ladrar, às vezes nem os vejo escondidos que estão debaixo da varanda. Os gatos idem, se não fosse pela comida nem apareciam à porta. Os gatos comem mais que os cães. Estão sempre a miar e se por acaso acaba a ração na tigela vão tentar romper o saco que está ali ao pé. Eu bem vejo as marcas dos dentes. Mas os cães nem sequer ladram pela comida, a tigela fica vazia e eles esperam pelo reabastecimento sem dizer nada.

No outro dia estavam a comer qualquer coisa que eu não lhes dei. Parecia açorda de pão, mas não sei. Eles estão no quintal que tem um muro, mas é uma espécie de varanda, o muro dá para ver a rua. E não é um muro maciço, é uma grade com espaços verticais. De maneira que é possível a alguém do lado de fora lançar qualquer coisa para dentro. Eles estavam a comer e eu não lhes dei essa comida. Só costumo dar ração, alguma sobra da refeição vai para os gatos que são mais gulosos. A comida que eles estavam a comer não fui eu que lhes dei, mas eu deixei, não me preocupei com o assunto.

Agora os cães morreram e ficaram só os gatos. Tenho tantas saudades deles. Quando estava em casa e eles sentiam-me, arranhavam a porta como que a pedir para a abrir. Os gatos não fazem isto, não miam ao ver-me, não põem as patas em cima de mim a pedir festas. Não miam aos carros que passam, nem sequer ficam ao pé da porta, vão vadiar sem aviso prévio e voltam quando querem. Tenho saudades dos meus cães. Gostava de tê-los de volta, mas isso não é possível. Ainda por cima, morreram os três ao mesmo tempo, se tivesse morrido apenas um dava para eu me habituar à ideia, mas qual deles, não consigo escolher qual gostava menos.

E se em vez dos cães tivessem morrido os gatos? Penso que teria sido melhor, afinal estou aborrecido com os gatos, eles não me ligam. Não procuram festas, não me saúdam com miados. Podiam ter morrido os gatos em vez dos cães, sim, podiam. Deus, eu não sou religioso, raramente me dirijo a ti, mas escuta-me só por esta vez, devolve-me os cães e leva os gatos. Prometo que passo a ir à missa todos os domingos.

Nota breve

Nenhum animal, dos que participaram neste conto, foi ferido, maltratado ou, de qualquer outra maneira, molestado durante a escrita desta narrativa.

Dois destinos

Estávamos a dois dias do Natal. Numa cidade qualquer de um qualquer país cristão encontramos Tiago no seu local de trabalho.

Tiago era um empresário com um empregado e às oito e meia da noite estava a fechar o supermercado. Passou pela arca dos congelados e retirou um bacalhau à Brás que iria ser o seu jantar. Foi para casa sem pressa pois nem um gato esperava por ele. Mais um dia que se aproximava do fim, mais um dia que se iria iniciar. Há muito que os seus dias estavam planeados e rotinados: todos os dias jantava por esta hora, depois via as notícias das nove e meia, de seguida tomava um banho e ia dormir.

Quando chegava o Natal todas as lojas fechavam, todos os empregados iam visitar a família, o seu empregado não era exceção. Nesta altura, Tiago reclamava por trabalhar menos dois dias, por ter de os pagar ao empregado, por não ter nada que fazer sem ser ver televisão. Também no Natal havia uma rotina.

No dia seguinte, dia 23, levantou-se às seis e meia e foi para o supermercado. A empregada de limpeza chegou depois dele e fez o seu trabalho enquanto Tiago foi, na sua carrinha, ao armazém grossista buscar fruta para o supermercado. Às nove horas estava tudo pronto para aceitar clientes incluindo João, o seu empregado, que fazia o horário normal das nove às dezanove e recebia horas extraordinárias para não ter dois dias de folga ao fim de semana, apenas um, o que, ainda assim, era considerado um exagero por Tiago.

O movimento era bom, não havia muitos espaços mortos entre clientes. Tiago estava na caixa registadora a fazer as contas. Quando chegou a vez do Sr. Manuel, um idoso de bengala que vinha sozinho, chamou o empregado.

— João, chega aqui. Ajuda o Sr. Manuel a colocar as compras no saco, ele tem que se apoiar na bengala e não pode.

— Com certeza.

João colocou as compras num só saco de plástico. O Sr. Manuel agradeceu, pediu desculpa por ter-se esquecido do saco com rodas e saiu em direção a casa. Tiago atendeu o próximo cliente, não sem antes dizer:

— João, vê aquelas garrafas de espumante que eu trouxe, certifica-te de arranjar espaço na prateleira.

— Já tratei disso Sr. Tiago. O resto das bebidas foi reduzido à exceção do vinho do Porto que deve ter saída hoje.

— Ótimo, ainda bem.

À hora do almoço o movimento abrandava um pouco e era possível ir almoçar à vez. João não comia congelados como Tiago, João tinha família e fazia, em casa, quase todos os dias, um almoço e um jantar; pelo menos o jantar era certo e às vezes trazia as sobras para o almoço no emprego. Lamentavelmente, a esposa acidentou o carro deles e não era possível ir visitar os pais e sogros sem o automóvel. Seria um Natal mais solitário este ano. João resolveu falar nisto a Tiago nesta pausa para almoço.

— Sr. Tiago, você não vai precisar da carrinha neste Natal, pois não?

— Está tudo fechado, para onde hei de ir? Porque perguntas?

— A minha esposa teve um acidente com o carro e nós não conseguimos ir visitar os meus pais este Natal. Será que há a possibilidade de levar a carrinha?

— Pois, essa é boa. E se tiveres um acidente?

— Eu conduzo com cuidado Sr. Tiago, e não há acidentes todos os dias.

— Não estou inclinado a dizer que sim. Aquela carrinha é um instrumento de trabalho.

— Mas não vai precisar dela durante as festas. Já eu, sem transporte não faço festa nenhuma.

— Então ficas como eu, cá por casa, sem acidentes nem chatices.

— Ohh…

A conversa ficou por ali, mas João não ficou desiludido: ele já conhecia o patrão, sabia que era um pedido difícil. João afastou-se e continuou com os seus afazeres, mas a D. Luísa ouviu a conversa e resolveu dizer qualquer coisa.

— Sr. Tiago, então o senhor não gostava de ir passar o Natal com a sua família?

— Eu não tenho família D. Luísa e não sinto falta de uma. O Natal é só uma desculpa para gastar dinheiro em prendas.

— Ah, com certeza que é mais do isso, para as crianças certamente, mas os adultos gostam do convívio.

— Eu tenho todo o convívio que preciso. Se os meus familiares me ajudassem na loja, isso é que era.

— Bem, você é que sabe. Eu sinto falta da minha filha.

— Aonde está a sua filha para a ajudar a pagar estas compras?

João rematou assim a conversa e a D. Luísa não continuou.

— Eu consigo pagar as minhas compras, obrigado. Quanto é?

— Quarenta e nove euros e vinte e sete cêntimos.

João não ouviu esta conversa e não voltou a mencionar o assunto durante o resto do dia. Ele conhecia o patrão e sabia que este não era homem dado ao altruísmo. Recebia o subsídio de Natal que estava previsto na Lei e era só. Nunca houve uma troca de prendas entre patrão e empregado, nenhum gesto de generosidade. Por seu lado, Tiago não pensou mais no assunto. Havia clientes para atender, troncos de Natal e outros bolos para arrumar, havia mais em que pensar.

Como de costume, o dia passou-se sem perturbações. Os clientes à procura de produtos natalícios, João a arrumar a loja e a auxiliar clientes e Tiago na caixa registadora a finalizar as compras. O movimento não dava muitos espaços para pausas, mas também não era frenético. Ao fim do dia João despediu-se:

— Até depois de amanhã Sr. Tiago, Feliz Natal.

— Feliz Natal. Onde vais passar as festas, João?

— Vou ficar por casa. Você não me empresta a carrinha.

— Pois, não empresto. Não tens outra pessoa a quem pedir emprestado? — Tiago não encontrava qualquer embaraço nesta questão.

— Toda a gente vai precisar do automóvel no Natal, Sr. Tiago. Só você é que fica em casa.

— Deixa estar. Não precisas de ir lá todos os anos. Aliás, todas as pessoas não precisam de fazer esta viagem todos os anos, digo eu.

— Para muitos é a única oportunidade de falar com os familiares em todo o ano senhor Tiago. É o caso da minha mulher.

— Palermices. Se não falam é porque não há necessidade. Bem, feliz Natal.

— Boas Festas, Sr. Tiago.

Tiago ficou a fechar a loja. Mais uma vez foi à arca dos congelados, mas desta vez escolheu o bacalhau com natas. Passado um bocado foi para casa, jantou, viu as notícias e deitou-se. Era um dia como os outros. Porém, esta noite acordou mais cedo com uma voz que chamava por ele.

— Tiago… Tiago…

Meio abatido abriu os olhos e olhou para o despertador. Ainda era madrugada e voltou a fechá-los. A voz continuou:

— Tiago… Tiago…

Desta vez Tiago levantou a cabeça. Olhou para o outro lado e viu uma claridade tipo nevoeiro. Esfregou a testa e voltou a olhar. No meio do nevoeiro estava uma mulher. A voz insistiu:

— Tiago, olha para mim. Olha.

Tiago olhou com um pouco de medo e respondeu:

— Não pode ser, pareces mesmo a minha mãe.

— Eu sou a tua mãe.

— Não. A minha mãe morreu há anos.

— Pois, mas aqui estou eu. Sou a tua mãe, Tiago.

— Ah, sim? E voltaste dos mortos para quê?

— Venho lembrar-te que mereces mais do que esta vida. Venho lembrar-te que também já foste um jovem com amigos.

— Isto é um sonho muito realista. — Tiago ainda não estava consciente do que estava a acontecer, mas a imagem da mãe era tranquilizadora.

— Não é um sonho, Tiago. Eu estou no Mundo do Além e não gosto do que vejo no filho que deixei no mundo dos vivos. Tenho pena que tenhas decidido isolar-te desta maneira. Tu mereces melhor.

— Mas mereço melhor o quê? Eu estou feliz.

— Assim pensas tu. És apenas um preguiçoso, deixaste-te acomodar a uma vida sem sobressaltos.

— É o que se pretende, não é?, uma vida certinha, direitinha.

— Fazes bem por um lado, fazes mal por outro. São os pormenores diferentes que fazem a vida mais saborosa.

— Pormenores?

— Lembras-te quando eras apenas um empregado? Nessa altura tinhas tempo para ir ao cinema. Chegaste a ir lá várias vezes com os teus primos, aqueles para quem agora não encontras motivo para visitar.

— Mas isso foi quando eles eram solteiros. Desde que casaram perderam o tempo que tinham para ir ao cinema.

— E tu não casaste porquê? Tu tiveste namorada.

— Não sei... afastámo-nos...

— Não, Tiago. Foste tu que deixaste de ter tempo para sair quando montaste o supermercado. Ficavas a verificar tudo até tarde e desprezaste-a. Nenhuma mulher gosta de ter um namorado que não a leva a passear. Nem ao domingo arranjavas tempo porque querias fazer a contabilidade.

— Sim... Era preciso fazer a contabilidade...

— Mas qual é a rapariga que quer ficar em casa sem fazer nada, sem companhia, Tiago? Estás sozinho por culpa tua. Tu gostas de ficar sozinho?

— Oh, ninguém me chateia.

— Mas também ninguém te dá alegrias. Não há ninguém para jantar contigo.

— Isso é verdade. Já começo a ficar farto dos congelados.

— Então, Tiago, tens que fazer alguma coisa, tens que mudar alguma coisa. Já nem sais para beber um copo, uma cerveja, o que ficas a fazer em casa?

— Para quê beber um copo? É só gastar dinheiro, posso beber uma cerveja no supermercado, sai mais barato.

— Queres guardar o dinheiro para quê? Vai ficar para o filho que não tens?

— Bem, realmente, posto assim…

— Não gostavas da Alice?

— Gostava, era muito simpática.

— Então, porque deixaste esmorecer a paixão? Vocês davam-se tão bem.

— Não sei…

— Lembras-te como a conheceste?

— Sim, foi o António que nos apresentou.

— E onde conheceste o António?

— Era empregado como eu, no armazém do Sr. Ângelo.

— Exatamente. Era um empregado como tu, que foi teu amigo, e a Alice confiou em ti para estares com ela. Tu davas-te com as pessoas, porque te isolas, hoje, Tiago?

Tiago abriu a boca para responder, mas neste instante ecoou um som, um zunido e Tiago, que se esqueceu que começou por ser acordado, pergunta:

— O que é isto?

— É o despertador. Nem na véspera de Natal mudas os hábitos.

— Ah. É verdade. Suponho que podia dormir mais um poucochinho. — Alargou um sorriso — Mas tu apareceste.

— Eu vou-me embora.

— Precisas de ir?

— O meu lugar não é aqui. São horas. Lembra-te das coisas boas que estão lá fora, Tiago, faz qualquer coisa de diferente, qualquer coisa pelos outros. — O nevoeiro intensificou-se à volta da mulher e a sua voz foi diminuindo — Adeus, Tiago. — Diminuindo: — Adeus, Tiago...

A claridade do lusco-fusco permitia ver o quarto com facilidade, não havia sinais de qualquer nevoeiro ou pessoa e Tiago encontrou-se sentado na cama. Olhou para a cama e para si próprio. Olhou para o ar junto à cama. Não tinha a certeza se tinha estado a sonhar, mas sabia que não tinha vontade de dormir. Levantou-se, eram seis e meia, a hora do costume, tinha imenso tempo para pensar no assunto.

Começou por reparar que não tinha comida em casa. Também notou que não fazia nada em casa exceto jantar e dormir. Mesmo a televisão só a ligava ao jantar, não se lembrava da última vez que se tivesse sentado a ver um programa qualquer. Pela primeira vez estava a analisar as suas práticas.

Como era hábito, e não havia alternativa hoje, foi tomar o pequeno-almoço ao supermercado que iria estar fechado nestes dois dias. Foi por não ter comida em casa que foi até ao supermercado, mas ia pensando no sonho que teve esta noite. Ou não foi um sonho?

Estava a pensar, comeu em silêncio, lembrou-se do que o seu empregado pediu, lembrou-se que já teve uma namorada, pensou ainda por que razão deixou de lhe telefonar. Comeu devagar, teve tempo de pensar estas coisas e mais algumas por onde o seu pensamento vagueou. Poder-se-ia dizer que estava distraído, mas não, estava absorto, concentrado, a meditar sobre a sua vida. E quando acabou de tomar o pequeno-almoço estava decidido a mudar algumas coisas.

Resoluto, foi até casa do seu empregado João. Nunca tinha lá ido, mas o empregado escreveu a morada quando preencheu os papéis para a segurança social e para as finanças e ele, como entidade patronal, tinha de guardar esses papéis. Tocou à campainha. João veio ainda em pijama.

— Sr. Tiago, passa-se alguma coisa?

— Não, não, João. Venho só emprestar-te a carrinha como pediste. Ainda venho a tempo, não venho?

— Com certeza que vem. Eu já avisei a família, mas não importa, vai ser uma agradável surpresa, ninguém vai objetar. Eu sabia que no fundo o senhor tem um coração de ouro Sr. Tiago, não vou deixá-lo ficar mal vai ver.

— Temos que ser uns para os outros, para o ano ajudas-me tu, vais ver.

— Certamente que sim, Sr. Tiago.

Tiago esperou duas horas, claro, porque não iria voltar a pé nem iria chamar um táxi àquela hora da manhã da véspera de Natal, mas valeu a pena para ver a alegria de João e da família dele. E o João não se importou nada de fazer um pequeno desvio com o prémio de poder fazer a viagem planeada, cancelada e novamente delineada.

Durante esta espera houve tempo para falarem um pouco. Tiago ficou a saber sobre a escola dos filhos de João, sobre o emprego da esposa, sobre a hipoteca que pendia sobre eles, sobre os seus objetivos na vida. Ficou a saber que João era mais que um empregado no seu supermercado.

Quando chegou a casa, pois não ia abrir o supermercado na véspera de Natal, foi procurar a agenda telefónica. O Natal era uma boa desculpa para telefonar aos familiares com quem não falava há algum tempo.

Já agora, mas estava indeciso, podia ligar à antiga namorada, eles nunca chegaram a chatear-se, a romper formalmente, foi apenas um desaparecer da chama, um desligar suave. Será que ela arranjou outro, ou fez como ele que se manteve sozinho? Seria esta uma boa pergunta para o Natal?

Carta ao Pai Natal

Querido Pai Natal,

Escrevo-te outra vez este ano para pedir os presentes. Vais ver que me portei bem e mereço-os.

Olha, começo por aqui: fui eu que convenci os meus pais a fazer um funeral decente ao estúpido do gato. Ele também tem direito a uma despedida em condições.

Eu gostava muito dele, era ele que me acordava ao fim de semana com lambidelas; nunca me deixou dormir até mais tarde. Gostava tanto dele que fiquei cheia de pena quando lhe tapei a cabeça com o copo e ele desatou a correr até à estrada. Eu só queria que ele desse umas cabeçadas, nada mais, não imaginei que ele se fosse meter debaixo de um carro. O estúpido!

Mas pronto, eu gostava muito dele e convenci os pais a fazer um funeral decente. O pai fez um buraco no quintal, a mãe comprou umas flores e eu fiz uma lápide com a caixa da Barbie. Como vês, até me portei bem, e prometo que não volto a tapar a cabeça do gato no meio da rua, só vou fazê-lo no quintal.

Por esta boa ação acho que mereço a nova consola que dá para simular guitarra e dançar. Mas, se por acaso, esta boa ação sozinha não chegar, eu fiz outras. A mim parece-me que o funeral do gato é suficiente, mas vou contar mais, só para garantir que tenho o presente.

Estou a lembrar-me de outro exemplo: já estou a tirar boas notas na escola. Consegui sentar-me ao lado do João e ele deixa copiar tudo. Está sempre a pedir para eu ir com ele e eu digo que sim, mas nunca vou. A Inês e eu somos as melhores amigas e faço-lhe um sinal para ela me convidar para outro lado e nunca vou com o João, mas ele deixa copiar tudo à mesma. As boas notas contam para o presente de Natal, não é? Mais uma boa ação.

A mãe também pediu para incluir a sua recuperação nesta carta. Ela acha que os pais devem educar pelo exemplo e agora que finalmente conseguiu livrar-se do vício dos comprimidos tem a certeza que eu nunca farei o mesmo. Ela disse para mencionar ao Pai Natal que nunca tomei comprimidos nem vou tomar para mostrar como sou uma boa rapariga.

Sinceramente, eu acho que vou ficar melhor que ela. Basta lembrar quando ela deixou de ir à missa porque a melhor amiga dela divorciou-se e andava à procura de namorado todos os sábados à noite. O pai dizia que ela devia ir à missa com o marido em vez de ir a festas e eu concordo: os padres são uma boa referência para fazer voluntariado e há empregadores que acham que isto é bom. Eu sei que a festa é mais divertida, mas às vezes temos de fazer um esforço e pôr uma mola no nariz e umas luvas para podermos mostrar ao padre e a outras pessoas influentes. E como eu sei que ir à missa é muito importante, não vou desistir até estar instalada. Mais um ponto para o meu presente de Natal.

Outra boa ação que fiz foi ajudar o pai. Ele pediu para ir à farmácia buscar uma pomada para um amigo dele e eu fui. Aparentemente, a mulher desse amigo é hipocondríaca e não podia saber que ele estava doente senão começava a imaginar o pior. Eu conheço este tipo de pessoas, quando tomam comprimidos estão sempre a pensar em doenças. Por isso, quando o pai disse que não tinha tempo de ir à farmácia, eu fui. E não disse nada à mãe, como ele pediu.

O pai é uma joia de pessoa; normalmente, quando chega tarde a casa, não manda desligar a televisão e eu gosto dele. Mas, mesmo que não gostasse, fiz uma boa ação quando fui buscar a pomada. Mais um ponto para receber o meu presente de Natal.

Não sei se consigo ser melhor que o meu pai. Ele trabalha até tarde muitos dias sem receber horas extraordinárias. Diz que tem de ser assim, não podemos estar sempre a exigir ao patrão, ele tem muitas despesas e dificuldades, mas continua a manter a empresa em funcionamento só a pensar nos funcionários. Quando penso nisso, acho que o meu pai também merecia um presente de Natal.

Vendo bem, todos cá em casa merecem um presente de Natal. Até a mãe. Afinal, mesmo com o vício, ela sempre fez o jantar para nós, por exemplo. Não é que nós jantássemos, às vezes ela terminava-o tão tarde que, se nós esperássemos, já não valia a pena tomar o pequeno-almoço. Mas isto revela bem a preocupação que ela tem com a família, apesar das suas dificuldades.

É certo que, se ela não estivesse tão drogada com os comprimidos, não teria dificuldade nenhuma, mas tem, e é isso que torna tão louvável a sua preocupação com a família. O pai diz que não olha às dificuldades da mãe pois nenhum homem está completo sem a esposa. As esposas fazem falta mesmo quando não são bonitas.

Eu também espero vir a ter um marido. É sempre tão bom quando a família se reúne no Natal, na Páscoa, nos aniversários... A chatice toda são as crianças: não sabem dizer nada e não param quietas. Se fosse só a família era melhor, não sei porque toda a gente insiste em trazê-las. Eu nunca vou ter crianças, acho que elas não fazem falta nenhuma. Se o meu marido quiser, que as procure só para ele, ora essa. E quando me casar, o meu casamento também será uma maneira de reunir a família; isto é bom para ganhar o presente, querer reunir a família, é bom, não é?

Mas não quero que penses que sou uma menina egoísta que só pensa nos presentes. Eu porto-me bem todo o ano.

Quer dizer... Há coisas... Por exemplo, às vezes gozo com a Maria, mas toda a gente goza com ela, não sou só eu, por isso não conta, pois não?

A Maria não sabe dizer nada e tem dificuldade em perceber quando gozamos com ela. No outro dia, estávamos sentadas quando ela chegou e escondemos-lhe o saco atrás das costas de uma de nós.

Ela não se apercebeu, nem do saco, nem que estávamos todas a fingir quando dissemos não nos lembrar que ela tivesse trazido um saco. Foi uma paródia vê-la toda confusa. Mas como toda a gente goza com ela, não sou só eu, isto não conta para a lista das boas ações, com certeza.

De qualquer maneira, quero os meus presentes, 'tá? Eu porto-me bem o tempo todo e mereço-os.

Oh, oh, oh, beijos e abraços, da tua mais querida,

Fado

Uma casa. Uma mulher na cama. Uma parteira. E mais alguém para o caso de ser preciso qualquer coisa. Estávamos no século XX. No fim do parto, após cortar o cordão umbilical e agasalhar o menino, a parteira olha atentamente para a cara do bebé. Faz um jeito para ele abrir a boca e inclina-o. Diz para a mãe:

— O menino tem o céu-da-boca com uma fenda, é capaz de se prolongar pelo interior até à garganta. Se o levar ao médico é provável que o operem daqui a umas semanas e a coisa resolve-se.

— Médico? E quem paga a operação? Eu não fui ao hospital fazer o parto e arranjo dinheiro para a operação?

— Eu percebo. Mas repare que o problema é de fácil resolução em bebé, depois continua a precisar de operação, mas não se resolve tão facilmente. – Fez uma pausa e olhou pela janela. – Pense nisso. Não tem que ser já. Descanse e pense nisso amanhã.

-- o --

Era uma vez uma senhora que usava óculos. Um dia deixou-os cair e as lentes partiram-se. Como precisava realmente deles não teve outro remédio senão ir ao oculista comprar outros.

A caminho do oculista calhou passar por uma loja de artigos usados. Precisava de outras coisas, entrou para ver essas outras coisas, e viu ali um par de óculos usados à venda. Experimentou-os e a graduação das lentes aproximava-se daquela que lhe foi prescrita.

Eram mais baratos que uns óculos novos, pois claro, mas assim tão baratos? O funcionário da loja informou que os óculos pertenceram a uma senhora que estava presa. Matou o marido e foi condenada. "A senhora ainda quer levar estes óculos, agora que sabe a sua origem?", "Claro, com certeza. Interessa-me lá quem foi o anterior proprietário." Levou os óculos.

Continuou a sua vida normalmente; nesse dia acabou as compras que tinha planeado e, já em casa, resolve experimentar os óculos com um pouco de leitura. Escolhe um livro, senta-se no cadeirão, coloca os óculos na face e vai ler. Começou a deitar os olhos pelas primeiras linhas e não sentiu dificuldades. Os óculos pareciam mesmo iguais àqueles que lhe foram prescritos.

Após um bocado, não muito tempo, embrenhada na leitura, ouve alguém dizer: "Maria, estás aí?". Levantou a cabeça. Olhou em frente, olhou para os lados e não viu ninguém. Nem percebeu quem iria chamar a Maria ali na sua casa, não era o seu nome nem havia, cá em casa, morador com esse nome. Por que razão alguém iria chamar a Maria nesta casa?

De qualquer modo, foi interrompida. Os seus pensamentos desviaram-se da leitura. Não fazia muita diferença, a intenção não era ler, era experimentar os óculos, portanto o objetivo foi concretizado independentemente dessa interrupção. Levantou-se e foi fazer os seus afazeres que tinham de ser feitos. De seguida foi dormir, como tinha que ser, e recomeçou o dia seguinte, como tinha que ser, a vida continuou como habitualmente.

Esta senhora era casada e o marido era um senhor que se deixou engordar. Tinha barriga saliente, as pernas e os braços inchados, engordou tanto que os pés se queixavam do peso que carregavam de cada vez que se movia. Sentia frequentemente a necessidade de sentar-se e descansar um pouco. Apesar disto, a senhora e o marido davam-se bem. Faziam a sua vida sem arrufos de maior, a senhora não ligava ao aspeto físico do marido e este não encontrava motivos que o arreliassem. Uma relação sem nada a acrescentar aos dias que iam passando pela vida. De facto, nada havia a apontar, a haver alguma coisa seria uma pontinha de inveja, pois o casamento deles funcionava enquanto outros não se separavam apenas por razões financeiras ou de logística.

Não é que este casal fosse um exemplo a seguir, mas era um casal que ninguém podia apontar uma data para vê-los afastados um do outro. A senhora fazia a sua vida, o marido, pernas e braços inchados, não fazia as tarefas em casa, mas não questionava a esposa que era muito ativa: lavava a loiça de pé, sem máquina, não exigia ao marido uma senhora para a limpeza da casa, quando precisava de reparar uma porta ou pendurar um quadro, não o fazia porque não aprendeu quando era nova, mas já sabia que o marido não o iria fazer e não reclamava — aceitava que era preciso chamar alguém para estas tarefas.

O dinheiro, claro que era preciso pagar a alguém que fazia estas tarefas, mas não discutiam por dinheiro. Não apontavam todas as despesas, mas certos gastos eram conversados. No caso dos óculos não disse que os partiu e comprou outros, afinal, acidentes acontecem, mas certamente diria se a despesa fosse de necessidade duvidosa (às vezes bastava falar no assunto e o desejo supérfluo desaparecia). O salário tinha que chegar ao fim do mês, mas não havia necessidade de rigor a 100%, conseguiam gerir a sua vida agradavelmente. Tirando um momento ou outro, claro, quem é perfeito? Havia discussões mais acesas de quando em quando, mas no geral entendiam-se bem, a vida seguia os seus dias.

Chegou o fim de semana e a senhora, com um pouco mais de tempo, sentou-se a ler. Os óculos serviam perfeitamente. Leu um pouco, durante uma hora e passou à televisão. Continuou com os óculos colocados na face.

Ouviu alguém chamar: "Maria, estás aí?". A senhora julgou que era a televisão. Olhou mais atentamente à procura do personagem que disse esta frase. Olhou, mas não o encontrou. Não conseguiu identificar quem o disse. Continuou a olhar para a televisão.

Mais um pouco e voltou a ouvir o chamamento: "Maria, estás aí?". Desta vez olhou para o lado. Não era da televisão, não podia ser. O que estava a acontecer na televisão não fazia prever um chamamento pela Maria. Portanto, olhou para trás, olhou para o lado à procura de quem estaria a chamar. Não viu ninguém, só o seu marido a olhar calmamente para a televisão. Encolheu os ombros e fez o mesmo: voltou a olhar para televisão. Passado mais um bocado volta a ouvir o chamamento.

Desta vez ficou incomodada. Tirou os óculos, levantou-se do cadeirão e olhou em volta. Perguntou ao marido: "Ouviste alguma coisa?". Este respondeu: "Sim, ouvi a televisão. O que tem?". A senhora pensou se ela estaria a ficar com Alzheimer. Ficou parada, meditativa por uns segundos e resolveu fazer outra coisa. Há sempre que fazer numa casa.

Embora o marido não fizesse nada. Há sempre que fazer numa casa, mas o marido estava no cadeirão e ali ficou a ver televisão, o que já era costume. Não deu sinal de ter ouvido o chamamento que a esposa ouviu. E nada disse quando viu a mulher sair da sala.

-- o --

A ré sentou-se na cadeira que lhe indicaram. O seu advogado sentou-se mais além. Esperaram ambos em silêncio enquanto as restantes pessoas iam preenchendo as outras cadeiras. Após alguns minutos entrou o juiz.

Todos sabiam o que os trazia ali, ainda assim, o juiz perguntou. Começou por dizer o número do processo e a acusação que foi deduzida e perguntou:

— A senhora sabe por que razão está presente neste tribunal?

A ré respondeu:

— Sei sim, sr juiz. Fui apanhada a assaltar uma farmácia.

— Exatamente. Consta da acusação que, além do dinheiro que havia na caixa registadora, obrigou a abrir o cofre sob ameaça e "pediu" – o juiz fez o gesto das aspas com os dedos ao mesmo tempo que virou os olhos para cima – alguns medicamentos.

A ré olhava e ouvia; não disse nada, sabia que os factos eram verdadeiros. Foi capturada a 500 metros da farmácia, com o produto do roubo, quando ia a entrar num táxi. Se não tivesse esperado pelo táxi, se tivesse corrido, as coisas podiam ter sido diferentes. O juiz continuou:

— Sra M, há uma coisa que me faz confusão. Se tinha o dinheiro na mão podia comprar os medicamentos depois; por que razão os levou? Ainda por cima escolhidos, não agarrou simplesmente naqueles que estavam ali à mão, pediu especificamente Ferro-Gradumet, KCL-Retard Zyma, Depo-Medrol e Predniosol. Faz-me confusão: tinha o dinheiro e esperou pelos medicamentos... porquê?

A ré baixou a cabeça, trouxe a mão até à orelha, levantou a cabeça e respondeu:

— Pois... foi mal planeado, realmente. Sabe, o que eu queria mesmo eram os medicamentos. As crianças precisavam. Mas não tinha dinheiro para os comprar. – O juiz escutava atentamente. As outras pessoas na sala não estavam tão atentas. A ré continuou: — Então, pensei que o ideal era um assalto. Tenho (tinha...) as armas do meu falecido marido e pensei em fazer um assalto. De início pensei assaltar um banco, mas... os cofres com abertura retardada, câmaras, se calhar grades que fecham automaticamente... enfim... – encolheu os ombros – Então lembrei-me, assim de repente, vou assaltar a farmácia, pois, a segurança não é tão apertada. Só que, quando lá cheguei, vieram-me as preocupações pelas crianças. O que eu queria mesmo era os medicamentos, não era tanto o dinheiro. – Suspirou e abanou a cabeça – Foi por isto que acabei a pedir os medicamentos. Pedir, quero dizer... – fez o gesto das aspas – "pedir", como você disse.

O juiz suspirou e olhou para baixo. Levantou os olhos, mas não olhou para a ré, procurou um ponto mais ao lado e disse:

— Certo... E agora eu tenho que a julgar por assalto. No fundo é o que isto é. Não interessa se gastou o dinheiro em medicamentos ou no casino. É um assalto.

A ré olhou para baixo e passou a mão pela testa até ao nariz.

-- o --

A professora chamou a mãe do menino. A escola primária era constituída por uma sala só, grandes janelas para as crianças verem bem as letras no papel. A professora e a mãe do menino estavam de pé junto à janela a admirar as crianças lá fora.

Dizia um: — Queres um bocado do meu bolo? - Perante o olhar ansioso – Tens que pedir. – De imediato – Não te percebo. – Rindo – Não te percebo. – Afastando-se – Olhem, olhem, o J. quer um pedaço do meu bolo, mas não consegue pedir.

E continuou a repetir para quem o queria ouvir, enquanto rodeava J. que olhava, não conseguia dizer nada e não tinha coragem para levantar a mão ao outro.

A professora e a mãe viram este episódio da janela e a professora falou:

— O J. até é inteligente, sabe, mas retrai-se. Porque não consegue falar tem receio de se dirigir às pessoas, incluindo eu, e isso impede o seu desenvolvimento na plenitude. Já pensou em falar com um médico? Talvez haja solução...

— Sim. Ele precisa de uma operação. Quer dizer... parece que são várias. Ele tem fenda palatina, se fosse o lábio não-sei-quê seria apenas uma, mas esta são várias. Eu já pedi no hospital, disseram que chamariam qualquer dia... Já lá vão 3 anos...

— Nunca mais perguntou?

— Oh. Se nem as constipações querem tratar. Vá lá, deram-lhe as vacinas; nem sei porque lhe deram as vacinas se nunca há médico ou vaga para as outras coisas... No hospital dizem que isto não é uma urgência, tem que ser pedido pelo centro de saúde.

— Pois, compreendo. Temos que dar a volta de outra maneira. Costuma ler para ele?

— Sim. Ele gosta muito que eu leia e tem histórias preferidas.

— Isso é bom. E um terapeuta da fala, já perguntou?

— Os médicos dizem que ele tem de ser operado e fazer terapia. Acha mesmo que a terapia da fala resolve sem a operação?

— Pode ajudar. Se ele aprender a articular algumas palavras apesar das dificuldades vai ficar mais contente, mais confiante. Com mais autoestima.

— Isso é muito caro?

Durante os 4 anos seguintes a professora interessou-se por J. Todos os alunos faziam as cópias, os ditados, as contas, mas a professora ia, por vezes, perguntar a J. o que tinha feito. Era a mesma atividade de todos os outros meninos, mas a professora perguntava a J. o que tinha ele escrito. Ele começou timidamente por mostrar o caderno e apontar, a professora perguntava por aquela frase em particular que não percebia muito bem, e ele passou a tentar explicar por palavras suas. No recreio aprendeu quais os meninos que valia a pena tentar conversar. Como todas as crianças, ao chegar à idade dos 10 anos mudou de escola e passou a ter vários professores no nível escolar seguinte.

-- o --

À hora da sesta, no domingo, não convinha ligar a televisão. A senhora sentou-se a ler. Precisava dos óculos, foi essa a razão da sua compra.

Estava absorta na leitura e voltou a ouvir essa voz: "Maria, estás aí?" Levantou a cabeça e olhou para o quarto. Ouviu o marido ressonar. Olhou para os lados.

Voltou a ouvir a voz: "Maria, não respondes?" O livro estava no colo, os óculos continuavam na cara, não viu ninguém e disse, em voz alta: "Estou a ficar maluca!"

A voz respondeu: "Quem está maluco?" Levantou-se de um salto e olhou para trás. Não viu ninguém. Voltou a virar-se para a frente. Disse: "Está aí alguém?"

— Sou eu. Já falámos no outro dia. Pedi a enxada.

— !? Quem falou? Qual enxada?

— Então... É verdade que já passaram uns meses, mas... Já agora, por que razão deixámos de nos falar? Estou à espera da enxada. Passa-se alguma coisa?

— Mas qual enxada. E quando é que falámos?

— Sim, realmente a voz é diferente. Peço desculpa, eu volto a explicar: encontrei um tesouro e preciso de uma enxada para o desenterrar. Dou uma parte do tesouro se me trouxeres uma enxada.

A senhora fez uma pausa e voltou a olhar para os lados. Voltou-se e de novo voltou a olhar a olhar para a frente. Hesitou.

— Não estou a perceber. Onde estás? Onde está esse tesouro?

— Estou numa ilha. Não consigo encontrar um barco. Depois da enxada vou precisar de um barco, um meio de transporte, depois talvez precise de um baú também.

A senhora dirigiu-se ao quarto. Efetivamente o marido dormia.

— Bem, é só essa enxada? E como a levo até aí?

— Ainda não tenho a certeza. Para já preciso de saber que está aí para tentar trazê-la. Depois o baú e o barco. Vamos começar com a enxada. Eu divido o tesouro.

— Trago a enxada aqui, é isso?

— Exato. Preciso de a ver para conseguir trazê-la. Depois pensamos no resto.

— Como consegues vê-la?

— Tens que usar os óculos.

— Bem… suponho que não custa nada colocar aqui uma enxada. Não estou a perceber muito bem, mas trazer uma enxada até aqui não dá muito trabalho.

— Ok.

A senhora ouviu um cão ladrar lá fora. Levantou-se. Colocou o livro onde tinha estado sentada, tirou os óculos e colocou-os por cima do livro e voltou a olhar para os lados. Não viu ninguém. O marido dormia no quarto ao lado.

Dirigiu-se ao quintal. Normalmente pediam a outra pessoa para tratar do quintal, mas tinham as ferramentas para o caso de esta pessoa não as ter. Não sabia onde estava, perdeu um pouco de tempo a procurar e, entretanto, o marido acordou da sesta.

Levantou-se da cama e gordo como estava não se mexia rápido, mas hoje em particular tinha dores nos tornozelos. A primeira reação do senhor foi dirigir-se à cozinha para beber um café, mas hoje tinha dores e ao passar na sala sentou-se no cadeirão. Deixou-se cair pesadamente e chamou pela mulher.

A senhora ouviu. Procurou a enxada mais afincadamente e ouviu o marido repetir o chamamento. Continuou a procurar. O marido voltou a chamá-la. Finalmente, encontrou a enxada. Dirigiu-se para casa dizendo:

— Zé, nem vais acreditar no que aconteceu. Escuta isto, é incrível.

Entrou em casa, viu o marido sentado no cadeirão e perguntou:

— Estavam aí uns óculos, não estavam?

— Não sei, não vi nada, desculpa, não vi onde me sentei. Mas está aqui qualquer coisa, sinto um desconforto na parte de baixo, deve estar qualquer coisa...

Aqui neste momento, a senhora esbugalhou os olhos, cerrou os lábios, levantou a enxada acima da cabeça. O marido perguntou:

— O que estás a fazer com a enxada? ... Ai!

Um bocado de cabelo caiu no chão. Mais uma vez e saiu sangue. O homem não tombou porque estava sentado, mas dobrou-se um pouco. Ainda outra vez, com mais força. E ainda outra, com mais raiva.

Finalmente parou; olhou para a figura que estava à sua frente e chorou.

-- o --

J. ia na rua quando viu um dos seus antigos colegas de escola. Só se apercebeu da sua presença quando estavam frente a frente.

— Então J. qué feito?

Por esta altura J. conseguia articular qualquer coisa, mas ver o seu antigo colega de escola congelou-o. Não tentou falar.

— Então J. não dizes nada? Ainda não consegues dizer qualquer coisa?

J. olhou para o lado. Um lado e o outro. Viu uma porta e entrou a correr. Encontrou um balcão e, como não conseguia falar, pensou rápido e saltou o balcão. Saltou é forma de dizer; J. nunca foi muito atlético, de maneira que se dobrou por cima do balcão, esticou os braços para a frente e foi aterrar em cima dos braços, virou a cara para o lado de forma a não bater com o nariz no chão e ainda assim teve sorte em não partir a coluna vertebral pois quase se dobrava sobre si próprio.

O funcionário não percebeu o que se passava e ficou a olhar. J. levantou-se, olhou para um lado e para o outro, deu meia volta e olhou para trás. Viu nesse momento cair uma grade com estrondo à frente de uma porta.

Entrou numa agência bancária e o funcionário, na dúvida, acionou o alarme. Em breves momentos chegaria a polícia.

-- o --

— Bom dia, D. Virgínia.

— Olá dona Eugénia. Nem estava a vê-la. Como está? E o marido?

— Olhe, nem vai acreditar. Estou tão chocada que nem consigo falar.

— Ah, não consegue?

— Não, não consigo. Olhe, a sua vizinha foi presa por assaltar um banco.

— A minha vizinha? Um banco?

— Sim.

— A viúva?

— Sim. Quem me disse foi o monhé da loja dos chineses.

— Ah, não pode ser. A minha vizinha não é capaz disso.

— Estou a dizer a verdade. Pergunte a quem quiser.

— Hum. Então e as crianças?

— Não sei. De qualquer maneira a mãe não as levava ao médico. Nem se preocupava se precisavam de medicamentos. Às vezes podia ir só à farmácia, mas nem isso.

— Pois, olhe, por falar nisso: ouvi dizer que a farmácia foi assaltada.

— A farmácia? Quem é que iria assaltar uma farmácia?

— Não sei. Realmente, parece uma coisa estranha. Dizem que foi a farmácia do sr Ushenko.

— Ah. Então foi por isso que assaltaram a farmácia. O farmacêutico é estrangeiro.

— Não. Deram-lhe a nacionalidade portuguesa. Fizeram dele português.

— Oh, português... Agora somos todos portugueses, querem lá ver. Anda por aí tanta gente sem emprego e entregam a farmácia a um estrangeiro.

— Sim. A minha vizinha é que podia ter assaltado a farmácia. Já se sabe que um assalto a um banco dá prisão.

— Ai, eu ainda não acredito que ela assaltou um banco. Quem ficará com as crianças?

— Não sei. Ela não tem ninguém. O marido morreu, os avós também. Se calhar ficam por conta do estado.

— Coitados. Vão ficar órfãos?

-- o --

O juiz mandou chamar o médico. Já tinha lido o relatório, mas queria ouvi-lo na sua qualidade de especialista. O médico sentou-se. O juiz perguntou:

— Mantém a sua opinião dr?

— Sim. É óbvio que esta senhora não sofre de nenhuma anomalia psíquica, não descortino qualquer razão para o ato que não seja uma insanidade temporária: não se recorda do que se passou, foi ela que chamou a polícia, não fugiu, não negou, não consegue dizer qual foi o motivo por que o fez ou se o fez de todo. Diz ainda que se sente sozinha agora sem o marido...

O juiz olhou para a frente e voltou a olhar para o lado. Encerrou a sessão, não seria preciso mais nada por agora.

-- o --

J. foi transportado para uma prisão definitiva. Nos próximos anos iria ser a sua morada. Era norma os prisioneiros visitarem o gabinete médico no primeiro dia para despiste de doenças contagiosas. A médica pediu-lhe para abrir a boca e disse:

— Não posso deixá-lo frequentar o pátio nestas condições. Vai ter uma vida muito difícil se não consegue exprimir-se em condições. A primeira semana já é hábito não visitar o pátio para todos se mentalizarem à ideia que há mais um habitante no presídio. Vou aproveitar e falar com o hospital central para ver da possibilidade de o operar, está bem?

J. acenou a cabeça e não sorriu.

O recado do professor

A meio da noite acordo com umas batidas na porta do quarto. Parece um pássaro às bicadas na porta, tec, tec, tec. Pergunto-me: um pássaro a bicar a madeira da porta? Tec, tec, tec. Não pode ser, está escuro, o que faz um pássaro a voar a uma hora destas? Tec, tec, tec. Parece mesmo na porta do quarto, tec, tec, tec. Será que um pássaro entrou em casa a meio da noite? Tec, tec, tec. Vou ver.

Levanto-me da cama e abro a porta do quarto. É um telemóvel que está a bater à porta. Pancadas secas, tec, tec, tec. Quando abro a porta e olho para ele, o telemóvel fala: diz que tem um recado para mim, o professor quer falar comigo. Pelos jeitos, o professor tem notícias sobre os meus exames. Certamente que é isso.

Vou imediatamente. Estou de pijama, mas depressa o dispo, visto uma roupa qualquer e vou. O professor chama-me. Saio do quarto e abro a porta da rua. Deparo-me com um temporal enorme, chuva em magotes e buracos cheios de areia movediça. Não me apercebi destas condições quando estava no quarto. Agora, na porta da rua, sinto a água a molhar-me a cara, sinto o vento húmido e frio, tenho medo de cair na areia movediça. Vejo a chuva a cair com força e arrasta lama e folhas até aos buracos com areia movediça. Volto para trás.

Já que estou acordado agarro nos livros e revejo a matéria do exame para não esquecer. Ao rever a matéria irei certamente encontrar as respostas às perguntas que me fizeram. Consigo assim, talvez, prever a nota que vou ter. Ao mesmo tempo solidifico o conhecimento. Sem a pressa da data do exame posso demorar-me mais no estudo e fixo melhor na memória.

Amanhã, que já é hoje, continua a chover. Olho pela janela do quarto e continuo a ver lama e folhas a serem arrastados para os buracos com areia movediça. Não me atrevo a sair à rua, vou deitar-me. A meio da noite volto a escutar umas bicadas na porta: tec, tec, tec. Atento, aguardo, escuto com ansiedade: tec, tec, tec. O som continua: tec, tec, tec. Sou forçado a levantar-me. Ouço o telemóvel a falar, traz um recado para mim, o professor quer falar comigo.

Visto-me imediatamente levado por uma urgência nova. Abro a porta da rua e sinto a chuva na face. Continuo a ver buracos com areia movediça. Tenho que ir nestas condições? Sim. O professor não pode esperar mais um dia. Saio. Desta vez, prevenido, já vesti as galochas e a capa. Mas, novamente, o vento é forte, a chuva é muita, não consigo avançar. Os passos que dou são pequeniníssimos pois não consigo fixar os pés na rua molhada. O vento empurra-me para trás. Torno a casa.

Já que estou acordado tomo o pequeno-almoço mais cedo. Fico assim com energia para as atividades que aí vêm. Reparo neste momento que a despensa está a ficar vazia. Vou precisar de ir ao supermercado, se não imediatamente, pelo menos em breve; mas está tão mau tempo. A chuva e o vento que me empurra para trás. Terá que ser, não há ninguém que me venha trazer as compras a casa. Terei que sair, forçosamente. Mas espero por amanhã.

Amanhã, que já é hoje, acordo e constato que continua a chover. Abro a porta do quarto e lá está o telemóvel que fala e diz ter um recado para mim. Sim, já sei, o professor quer falar comigo. Já estou ciente, compreendo a necessidade. Vou depressa. Dispo o pijama, visto a primeira roupa que encontro, não me esqueço das galochas e da capa e abro a porta da rua. Estão a chover facas e canivetes. Sinto a chuva na cara, vejo os buracos cheios de areia movediça, mas avanço, tenho que ir, já adiei demasiado.

Desvio-me dos buracos com areia movediça, mas está muito vento. A chuva torna o chão escorregadio e o vento empurra-me em sentido contrário. Dois passos transformam-se em dois meios passos. Continuo a avançar com esforço. Tenho dificuldade em manter-me direito. Não consigo. Caio. A chuva e o vento arrastam-me até um dos buracos com areia movediça. Afundo.

Lentamente, vou submergindo e grito por ajuda. Estou impotente para sair dali. Grito por ajuda, mas afundo-me à mesma. Quando estou enterrado até ao pescoço, quando a areia movediça já comeu o corpo todo faltando só a cabeça, não vejo saída possível. Deixo de gritar.

É então que ouço uma voz a chamar por mim. Olho para cima à procura dessa voz. É o professor que está no alto de uma árvore a estender-me a mão. Faço um esforço para esticar um dos braços e agarro essa mão estendida. Agarro com firmeza e ele puxa-me para cima. O professor tem muita força! Retira-me do buraco, salvando-me.

Quando estou no cimo da árvore ao lado do professor, são e salvo, sinto um alívio por saber que vou viver mais uns minutos, mais umas horas, mais uns anos, não sei quanto tempo. É neste momento que o professor me diz: "Jovem, estou orgulhoso de ti. Chamei-te para te dizer que podes concorrer a um mestrado. Não fiques só por este curso. Eu e toda a escola acreditamos em ti."

Neste instante desequilibro-me e caio da árvore. Fico deitado de costas a olhar para cima e custa-me a levantar, mas não temo, o professor está ali para me estender a mão.

O caminho é em frente

Caros jovens

Hoje é um dia especial para todos vós. É o fim de uma etapa e o início de outra.

As vossas mentes estão cheias de esperança e de sonhos. A escola deu-vos algumas ideias e ferramentas que vocês esperam vir a usar e, se possível, melhorar. Convencidos que estão que tudo se encontra nos livros, estes em que estudaram e outros que por aí há, vocês desejam ser reconhecidos e quem sabe ser o melhor na vossa área. Esperam vir a revolucionar o mundo com o vosso contributo; desejam tornar o mundo um lugar melhor para os vossos filhos.

Tudo isto são esperanças e sonhos legítimos.

Contudo, vão ser destruídos.

A realidade da vida tratará de o fazer. Por muito que se julguem capazes de superar as dificuldades que aí vêm, em algum ponto soçobrarão e juntar-se-ão à manada que apenas espera chegar à reforma; ao rebanho que vive para ser tosquiado vezes e vezes sem conta. Isto, se conseguirem juntar-se ao grupo, pois alguns de vocês podem mesmo ser esmagados pelo peso das dificuldades. Podem cair e nunca mais se levantarem e perecer eclipsados pela nossa sociedade.

Não esperem ajudas de ninguém. Nem a vossa família conseguirá apoiar-vos; eles próprios têm limites, e o mundo não é dado a simpatias. Esperem tudo e não saiam à noite desarmados ou sozinhos.

Para quem tem os vossos sonhos, deem-se por afortunados se chegarem ao fim da jornada e a única recordação vossa que houver for uma lápide com o vosso nome lá inscrito. Será uma felicidade se nada mais houver que vos recorde.

Dito isto: não fiquem parados. Sigam em frente e façam o melhor que puderem. Sempre o melhor que puderem. Lembrem-se: o jackpot só sai a quem joga; e... dos fracos não reza a história.

Felicidades e bem-hajam.

Os bacanos

Otávio chegou a casa (como fazia todos os dias) e encontrou uma carta na caixa de correio (o que não acontecia todos os dias). Abriu a carta e não percebeu grande coisa do que ali estava escrito, mas havia uma frase que já tinha visto em outras cartas em outros momentos: "Prazo para pagamento: este mês. Valor a pagar: 0,80 cêntimos".

Ora, não percebeu grande coisa do que ali estava escrito, mas reparou bem no valor a pagar e não se preocupou em perceber o resto do texto. Mirou bem o papel e disse em voz alta sabendo que não havia ninguém para o ouvir: "Estes bacanos estão a pedir-me oitenta cêntimos? Estes bacanos estão a ocupar um funcionário, estão a pagar os portes, estão a desperdiçar papel para me pedir oitenta cêntimos?"

Dobrou a carta conforme estava originalmente e aborreceu-se porque os seus planos para o dia seguinte foram alterados. Depois do jantar ainda ficou mais aborrecido porque não conseguia lembrar-se de ter alguma dívida a favor dos bacanos e, como não percebeu o texto da carta, assumiu que a culpa era sua.

No dia seguinte esperou um pouco a seguir ao pequeno-almoço pois o trânsito para o seu trabalho era mais intenso do que para a repartição dos bacanos. Portanto, esperou e estava lá à porta dos bacanos às nove horas da manhã. Retirou uma senha, parece que agora é costume haver senhas para todo o lado, mas, chegado ao balcão, o funcionário dos bacanos disse que não era aquela senha. Otávio perguntou:
— Sou obrigado a esperar mais?

Disse o funcionário dos bacanos: — A senha para aqui é a "B"; o senhor tirou a senha "A".

Otávio estava um pouco moído porque passou aquele tempo todo à espera sem fazer nada (não fazer nada também cansa, quase pensou, quase) ainda assim respondeu: — Mais um pouco e o meu amigo vai dizer que preciso de conhecer todas as senhas.

O funcionário respondeu de pronto, não escondendo um certo orgulho: — Claro. Ninguém pode desconhecer a lei. Todos têm de saber as senhas, ainda que não seja em pormenor, têm que ter uma noção, com certeza.

— Ah, sim?

— É evidente. – O funcionário dos bacanos estava neste momento com o tronco direito, ombros para trás e um olhar firme. — Mas eu ajudo: olhe, agora também há as senhas "K", "W" e "Y". Fica já a saber para o caso de vir a precisar de voltar cá.

Otávio deixou o ar sair pelo nariz e olhou para baixo. Reparou que estava a pisar qualquer coisa. Deixou passar uns segundos e levantou a cabeça. — Eu não quero voltar cá. Ali onde trabalho tem uma miúda no café que me diz bom dia todos os dias e quando não apareço pergunta sempre o que aconteceu. Por isso, não quero voltar cá.

O funcionário dos bacanos sacudiu a cabeça e levantou a mão como se estivesse a enxotar uma mosca. — Pois, eu compreendo, mas calha a vez a todos, percebe? Agora precisa da senha "B", se não se importa.

— Vou ter que esperar mais?

— Não, tire lá a senha que eu ajudo. Eu compreendo que precisa de ir ver a tal funcionária do café, os homens têm que ser uns para outros; vá lá buscar a senha e volte aqui.

Otávio foi buscar a senha e não deixou de pensar na sorte que teve. Encontrou um gajo porreiro, isto não acontecia todos os dias. Talvez fosse a tempo de beber um café ainda de manhã antes do almoço. Entregou a senha ao funcionário dos bacanos e este disse:

— Então, qual é a sua questão?

— Sabe, recebi esta carta. – Puxou da carteira; a carta tinha sido dobrada mais duas vezes para caber e Otávio desdobrou-a muito cuidadosamente. — Não percebo porque me pedem oitenta cêntimos.

O funcionário dos bacanos pegou no papel, olhou, sentou-se e escreveu qualquer coisa no computador. Finalmente disse, esticando o braço e devolvendo a carta: — Isto é o pagamento da Contribuição para o Audiovisual.

— Hum? Onde é que diz isso aqui? — Otávio perguntou ao mesmo tempo que perscrutava o papel.

— É esse processo que aí está.

— Qual processo?

O funcionário dos bacanos levantou-se e inclinou-se por cima do balcão. Esticou o braço e apontou: — Esse número que aí está.

Otávio repetiu: — Este número? 123456789? É aqui que diz que eu preciso de pagar a Contribuição para o Audiovisual?

— Sim. – Respondeu o funcionário dos bacanos e voltou a sentar-se. A sua cara mostrava a satisfação pela ajuda que forneceu.

— Não percebo. – Respondeu Otávio.

O funcionário dos bacanos perdeu a cara de satisfação. Como alguém podia não perceber algo tão evidente. Olhou mais a sério para o homem que estava ali à sua frente. Otávio aproveitou:

— Como é que sabe que este número diz respeito à Contribuição para o Audiovisual?

— Está aqui no computador.

— Ah. Posso ver?

— Não consigo virar o monitor.

— Hum. Pois. Posso ir aí atrás do balcão?

— Oh. Claro que não. O senhor não é funcionário dos bacanos, é claro que não pode vir aqui para trás do balcão.

— Hum. Pois. Então posso levar o computador comigo?

O funcionário dos bacanos endireitou-se e esbugalhou os olhos. — Está a brincar comigo?

Otávio esticou os braços para a frente e abanou-os veementemente. — Não, não, não! Desculpe se não me expliquei corretamente. Não estou a brincar consigo, desculpe se passei essa imagem. Vou explicar melhor.

O funcionário dos bacanos voltou a curvar ligeiramente as costas, inclinou ligeiramente a cabeça e disse: — Então explique lá, o que queria dizer com esse pedido de levar o computador?

— É assim: se a carta não diz o que está em dívida, se eu preciso do computador para saber o que devo, se não posso ir aí atrás do balcão, lembrei-me, foi só uma ideia, se calhar podia levar o computador e analisava depois lá em casa nas calmas o que é que diz a carta. Foi só uma ideia...

O funcionário dos bacanos voltou a empertigar-se e endureceu a voz: — Eu já expliquei. Eu já disse o que está aí na carta.

— Pois. Mas eu não percebo. Tenho poucos estudos, sabe.

— Não há problema. Estou cá para explicar, não há problema algum.

— Certo. Então como fazemos?

— Fazemos o quê?

— Eu não sei o que estou a pagar e não pago os oitenta cêntimos sem saber para o que é.

— Mas eu já disse: é para a Contribuição para o Audiovisual.

— Desculpe lá, não desfazendo, não tenho nada contra si, mas eu não sei se é isso que devo. Não diz na carta e não vi o computador.

O funcionário dos bacanos virou-se ligeiramente para a esquerda, deu um estalo na mesa e quase gritou: — Eu já disse o que é. É esse número de processo. Eu já expliquei. — Passou a mão na cara e suspirou.

Otávio olhou para o lado e aguardou um momento. Finalmente: — Bem, e se eu não concordar?

— Pode apresentar reclamação. Também está aí na carta.

— Está? Onde?

O funcionário dos bacanos levantou-se: — Aqui, quer ver? – Procurou o texto e apontou: — Aqui onde diz art.º 666º.

Otávio mirou a carta por momentos e disse: — Realmente. Não sei como deixei passar isto. Está aqui a reclamação.

— Exato. Mas não se preocupe, acontece a todos. Às vezes não reparamos no que está à frente dos nossos olhos.

— Diga-me uma coisa: tem a certeza que é o art.º 666º? Não pode ser outro?

— Não. Não pode ser outro. É esse.

— E aqui diz que posso reclamar?

— Sim. Aí explica o prazo, os fundamentos, explica tudo.

— Aqui?

— Sim.

— Mas aqui só diz art.º 666º. Essas coisas não vêm aqui.

O funcionário dos bacanos sacudiu a cabeça. — Toda a gente sabe que é isso que diz.

— Hum?! Toda a gente?

— Sim. De qualquer modo, se não sabe eu explico. Estou cá para isso.

— Pois. Já agora, o meu amigo sabe que é isso que diz porquê? São muitos anos a virar frangos, n'é?

— Não. – O funcionário dos bacanos parecia algo incomodado. — Está aqui no computador. Não há dúvidas nenhumas. – baixando a voz e olhando para baixo — Um frango... Até parece...

— Hum; o computador. O mesmo que eu pedi para ir ver?

— Claro. Há mais algum computador? Quantos computadores o sr. acha que nós temos?

— Pois.... — Otávio olhou para a carteira. Estava indeciso se arrumava o papel de volta ou se continuava a conversa. Finalmente, decidiu ir beber um café. Reparou então que o gajo porreiro não o despachou a tempo de beber o café nas calmas. Despachou-o, mas não foi a tempo. Foi andando à mesma. A funcionária do café gostava de lhe dizer bom dia e ele gostava de a ouvir dizer bom dia. Já estava a sentir falta. Quando chegou ao tal café era quase hora de almoço.

— Bom dia. Já estava a estranhar. É quase hora de almoço, vai beber o café agora?

— Não, não vale a pena.

— Então, o que se passou? Se é que posso saber.

— Fui mostrar um papel à repartição dos bacanos.

— Oh, coitado.

— É pá, fizeram-me perder o café e não me explicaram nada. Não faço a mínima ideia a quem devo pagar o café e o funcionário dos bacanos não me deixa levar o computador para casa.

— Hum?! A mim não é preciso pagar o café, ainda não o pediu e eu ainda não o servi. Que história é essa? E o que tem o café a ver com o computador? Nós aqui temos máquina registadora.

Otávio puxou da carteira e desdobrou o papel muito cuidadosamente. Esticou o braço e entregou-o à funcionária do café. Esta mirou por um bocado e disse:

— Estes oitenta cêntimos é que é o café? Mas quem está a pedir o café?

— Pois é isso. A carta não explica. O funcionário dos bacanos diz que está aqui neste número: 123456789.

— Ahhh. — Fez-se um breve silêncio. A funcionária do café continuou: — Não percebo.

— Nem eu. O funcionário dos bacanos diz que eu não posso trazer o computador.

— Por que é que faz falta o computador?

— Então... Deve lá estar o resto da carta, o que falta aqui no papel. O funcionário dos bacanos olhou para o computador e disse, portanto, o resto da carta deve lá estar.

— Não percebo. Há alguma razão para não entregar a carta toda?

— Não faço ideia. Eu também não concordo e disse-o ao funcionário dos bacanos. Ele respondeu que a reclamação também está no computador.

— Também?

— Sim. O funcionário dos bacanos diz que é este número: art.º 666º, e olhou para o computador para ter a certeza.

— Mas é preciso um computador lá em casa? Como é que eu faço aqui no café? Só sou obrigada a ter caixa registadora. — Baixando a voz e fazendo uma careta: — Acho eu...

— Falta ter a certeza, n'é? Quem é que disse que é preciso caixa registadora?

— Não sei. Já foi há anos.

— Então foi antes dos computadores?

— Não faço ideia. Nunca me preocupei com computadores.

— Pois... Nem eu.

Fizeram uma pausa, cada um a evitar olhar para o outro. Quando o silêncio se tornou incómodo Otávio disse: — Bem, se calhar o melhor é ir trabalhar.

A funcionária do café manteve-se em silêncio e Otávio foi.

Nota breve

Para quem não sabe: as notificações ("carta") têm que informar claramente o objeto, o valor, os meios de defesa, (...) — claramente — O objetivo deste conto é tentar mostrar que algumas "cartas" estão escritas em árabe (os nossos números são árabes... nós deixámos de usar números romanos).

CPPT – Art. 36º nº 1: "(...) validamente notificados (...)"

CPC – Artº 219º nº 3: "(...) necessários à plena compreensão do seu objeto"

— O papel.

— Mas qual papel?

— O papel.

— Mas qual papel?

— O papel.

— Mas qual papel?

— O papel.

— Mas qual papel?

— O papel.

— Mas qual papel?

— O papel.

— Mas qual papel?

— O papel.

— Mas qual papel?

— O papel.

— Mas qual papel?

— O papel.

— Mas qual papel?

— O papel.

— Mas qual papel?

— O papel.

— Mas qual papel?

— O papel.

— Mas qual papel?

— O papel.

— Mas qual papel?

— O papel.

— Mas qual papel?

— O papel.

— Mas qual papel?

— O papel.

— Mas qual papel?

— O papel.

— Mas qual papel?

— O papel.

— Mas qual papel?

— O papel.

— Mas qual papel?

— O papel.

— Mas qual papel?

— O papel.

— Mas qual papel?

— O papel.

— Mas qual papel?

— O papel.

— Mas qual papel?

— Falta o carimbo.

— Aaaaaaaaaaaaahhhhhhhhhhhhhh.

Otávio esteve a roer o assunto nos dois dias seguintes. Fazia-lhe muita confusão e não tinha computador.

Finalmente, decidiu-se a pedir explicações. Firme, vestiu as calças e dirigiu-se à repartição dos bacanos.

Quando lá chegou, assim que viu aquela porta, sentiu qualquer coisa na bexiga, mas não recuou. Novamente, não sabia qual a senha a tirar, mas desta vez foi ao balcão e encostou-se ao lado de quem lá estava obrigando-o a afastar-se para o lado e assim conseguiu chamar a atenção do funcionário dos bacanos.

Com voz grossa perguntou qual é a senha que deve tirar. O sujeito que lá estava, o tal que foi obrigado a afastar-se para o lado, ainda tossiu, mas Otávio não olhou para ele e repetiu a pergunta ao funcionário dos bacanos não esquecendo de a dizer com voz grossa.

Depois de ter a senha na mão esperou e sentiu qualquer coisa na bexiga. Também tinha calor. Mas não esmoreceu: ele era o Otávio, não era o funcionário dos bacanos!

Continuou a repetir para si próprio: "Eu sou o Otávio, não sou o funcionário dos bacanos!" até chegar a sua vez. Quando se encostou ao balcão foi direto ao assunto:

— Estive aqui ontem e não estou contente com o que você disse.

O funcionário dos bacanos ficou genuinamente incrédulo:
— Então? O que é que eu disse?

— Neste caso é mais aquilo que não escreveu, não é tanto o que disse.

— Escrever? Eu não escrevo nada. — O funcionário dos bacanos continuava genuinamente incrédulo.

— Pois, tem que escrever: palavras, leva-as o vento e não posso levar o computador para casa.

O funcionário dos bacanos ainda não tinha perdido a incredulidade. Tamanho descaramento! — Pois não, não pode.

— Então tem que escrever.

— Eu não escrevo nada.

— Sendo assim, se não escreve, não pago.

O funcionário dos bacanos continuava sem perder a incredulidade. Tamanho atrevimento! — Essa é boa. Se não pagar vamos penhorar a sua casa.

— Não podem penhorar nada sem me explicar o que é que eu devo. E quando eu digo explicar, quero dizer que tem de ser por escrito.

— Mas eu já disse. Já expliquei o que é.

Otávio não se deixou ficar: — Por escrito! Por escrito! – Quase deu um murro no balcão, mas controlou-se.

— Bem, eu não escrevo, mas nessa altura recebe uma notificação que explica tudo. Só que aí já está para penhora.

— Pois muito bem. Se eu pagar nessa notificação não fazem a penhora.

O funcionário dos bacanos já tinha percebido que o nome deste senhor era Otávio: — Não fazemos a penhora mas por que razão quer esperar? Pode pagar já.

— Posso pagar já, mas como não põem no papel o que é que eu devo, não pago.

— Eu já expliquei. – O funcionário dos bacanos não conseguia acreditar.

— Eu conheço-o de algum lado? Sei lá eu se tem um curso que foi oferta dos cereais do pequeno-almoço…

— Olhe a penhora...

— Ninguém vai penhorar nada se eu pagar nessa altura.

— Eu não arriscava.

Otávio não tinha medo. Manteve-se firme. Ele sabia que tinha razão. Montes de razão. — Você não é o Otávio, você é apenas um funcionário dos bacanos. Eu sou o Otávio e só pago quando tiver toda a informação por escrito. – O funcionário dos bacanos continuava incrédulo e agora não sabia o que dizer. Tamanho atrevimento!

Está tudo bem

Tenham medo, tenham muito medo, pois o outro saiu de casa e vem aí. Não temam porém: aquele lá em cima está a zelar por nós pois ele é interessado.

É agradável fazermos parte de uma família. Está um sol tão bonito, apenas uma nuvem paira e é ali no canto mais afastado. Não há vento e quando aparece é uma brisa leve que serve para acalmar o quente do sol. A erva cheira como se tivesse sido regada há pouco, os pássaros cantam, mas baixinho, conseguimos ouvir o nosso pensamento.

Todavia, alguém disse que o outro vem aí. Mas não temam: aquele lá em cima está a zelar por nós ainda que vocês não orem ou supliquem pois ele é interessado.

Guardem a vossa filha pois o outro saiu de casa.

Guardem a vossa mulher pois o outro saiu de casa.

Guardem os vossos valores pois o outro vai entrar na vossa casa.

Não percam a vossa mulher de vista e mantenham os vossos valores recatados pois o outro vem aí. Todos vocês viram o vizinho abandonar tudo e fugir.

Estão avisados, mas não temam: aquele lá em cima está a zelar por nós pois ele é interessado.

Não pensem na bagagem pois não há tempo para a juntar. Esqueçam também cozinhar para levar pois não há tempo para a preparar. Levem um pouco de pão como farnel se por acaso ainda têm pão a esta hora. Também podem levar um mapa se o tiverem. Não têm tempo para pensar em nada, mas não temam. Aquele lá em cima está a zelar por nós ainda que vocês não orem ou supliquem pois ele é interessado.

Não escolham o vosso destino em função da língua nacional que sabem falar pois vocês serão estrangeiros em qualquer país. Escolham antes o destino onde haja a garantia de não serem escravizados, vocês próprios, e concubinadas, a vossa mulher e filha. Não se preocupem com as saudades; o outro vem aí, vocês vão partir, mas vai estar tudo na mesma aquando do momento do regresso. A incivilização do tempo não vai olhar para o outro que entrará na vossa casa forçosamente. Não temam porém: aquele lá em cima está a zelar por nós pois ele é interessado.

Vão para onde forem, vocês irão sempre ser estrangeiros e serão burlados com certeza. Vai demorar anos até descobrirem qual o valor do salário mínimo nesse país. Ninguém vai dizer qual o preço correto de qualquer coisa que queiram comprar. Ninguém fará um contrato legal porque precisam dos óculos que ficaram esquecidos em algum lado. Mas não temam: aquele lá em cima está a zelar por nós ainda que vocês não orem ou supliquem pois ele é interessado.

Quando perguntarem por um advogado ninguém saberá informar se existe algum nas imediações. E a polícia não é obrigada a falar a vossa língua; vocês estão no país deles, se não sabem explicar arranjem um intérprete. Vocês nunca pronunciarão bem as palavras e as pessoas serão sempre surdas por isso não se incomodem em aprender a língua. Haverá sempre palavras difíceis e falta de dicionários. Mas não temam: aquele lá em cima está a zelar por nós pois ele é interessado.

No destino da vossa fuga, ainda que saibam qual é, não pensem em comprar casa pois vai faltar um rendimento regular. Ainda que tenham conseguido juntar a vossa documentação, ainda que a consigam legalizar para esse país e consigam arranjar um emprego, o rendimento poderá ser suficiente em algum momento, mas a regularidade nunca vai existir. Arrendem, mas não gastem muito com os móveis, pois o outro vai entrar na vossa casa. Ainda assim não temam: aquele lá em cima está a zelar por nós ainda que vocês não orem ou supliquem pois ele é interessado.

Vocês não estão munidos com as munições necessárias. O vosso futuro não está nas vossas mãos. Mas não tentem arranjar as ferramentas para melhorar a vossa vida: é perda de tempo não confiar nos confidentes do costume, eles sabem como é, já o sabem há muitos anos.

Aquele lá em cima, no monte, não vive num palácio, diz ele com toda a razão, não é rei, apenas é o escolhido. Os seus aposentos não são um palácio, antes uma habitação, pois todos os que o auxiliam dormem ali num dos outros quartos.

A guerra dos deuses

No primeiro dia de abril, dia das mentiras na terra dos homens, talvez por isso, talvez por outro motivo, os deuses zangaram-se sem conciliação possível. Logo ali ficou quase decidido quem ficaria com o reino dos céus.

Quase, pois zangados como estavam não puderam concordar uns com os outros. Palavras foram ditas, gestos foram feitos, intenções foram desmascaradas, alianças foram falhadas. A guerra foi a solução encontrada.

Ali mesmo, sem exércitos, lutaram e duelaram mesmo sabendo que os deuses são imortais, não se cansaram pois são deuses, mas chegou a noite e fartos estavam, pararam por momentos para reivindicar a sua vitória, cada um.

Novamente faltaram a um acordo e novamente se zangaram, desta vez não pelejaram. Foram todos para sua casa prometendo cada um destruir todos os outros no dia seguinte mesmo sabendo que não podem morrer.

E assim começou a guerra sem fim, uns reunindo um exército, com homens mortais, fortes para batalhar, mas fracos para serem deuses, outros prometendo recompensas a troco de alianças, favores e reconhecimento. E todos, sem exceção, descobriram que é muito aborrecido não poder morrer com honras de batalha.

Desde esse dia que troveja no céu, chovem lágrimas na Terra e os filhos deixaram de conhecer os pais desde o nascimento.

Os homens, esses, desinteressados do reino dos céus pois gostam do sítio onde vivem, entretidos se mantiveram com um único objetivo: vencer o adversário ou morrer na tentativa. De preferência o primeiro pois há carne, vinho e mulheres no fim da batalha. Com um pouco de sorte há batalhas todos os dias. Com a morte pode vir a glória e reconhecimento que não tiveram em vida.

Os deuses, entretanto, viram a inconsequência das suas lutas e fazem mais pausas, pois fartos estão e cansados também, mas orgulhosos continuam e não conseguem chegar a um acordo. Os mortais, por serem mortais, agradecem as pausas. Já não troveja todo o dia. Às vezes até nem troveja nesse dia. São estes os dias em que vivemos.

Os mais fracos que não podem batalhar para os deuses foram para sacerdotes invejosos dos pais que não conhecem. Não podendo seguir o seu exemplo, zangaram-se e formaram várias religiões dizendo seguir o exemplo de Deus – um deles, qualquer um – pois estão também encolerizados sem reconciliação possível.

Orgulhosos e invejosos criaram uma guerra de imitação na Terra e esta consiste em ver quem conspurca mais e melhor a sua boca chamando pecaminoso ao outro. Por serem fracos é o máximo a que aspiram. Inexistem as pastas de dentes por falta de vontade de as utilizar.

Convencidos que estão que vão conhecer o pai um dia, mas sabem que sozinhos não o conseguem, procuram quem os acompanhe iludindo com o apoio de um dos Deuses em vez do genuíno apoio prestado. Pedem para orar a esse Deus – que não conhecem – na tentativa de alcançar o seu exército.

A promessa de viver no céu não observa as guerras dos seus habitantes, pois o desejo dos seus hiatos pacíficos transforma-se em esperança de porvir o bom senso definitivo que tarda em existir, tanto na terra como no céu.

Por serem mortais têm também uma capacidade cerebral limitada e mais não conseguem do que olhar para baixo esquecendo que quem procuram está lá em cima.

Um dia bom para morrer

Já casei, já tive filhos, já me divorciei, já estudei, já trabalhei, já fiz consumo nas lojas, já roubei, já dei porrada, já fui parar ao hospital, já fui homenageado, já fui odiado, já fui amado, já caí, já me levantei, já ajudei a levantar, já li livros, já li jornais,

já comprei carro, já comprei mota, já fui à oficina, já andei de bicicleta, já fui ao ginásio, já pratiquei karaté, já andei a pé, já dei boleias, já viajei de avião, já viajei de comboio, já viajei de autocarro, já dei esmola, já fui à missa, já fui a outra religião, já sofri, já fui feliz,

já comprei casa, já fiz obras, já paguei sabendo estar a ser enganado, já comprei em segunda mão, já vendi em segunda mão, já trabalhei de borla, já enganei o patrão, já fui à praça, já comi em restaurantes, já me embebedei,

já ofereci rosas, já ofereci roupa, já ofereci livros, já recebi presentes, já comprei guarda-chuvas, já enfrentei tempestades, já me queimei ao sol, já me queimei no fogão, já fiz campismo,

já fui à discoteca, já fiz uma direta, já fui expulso de um estabelecimento, já me enfureci, já fui bronco, já fui compreensivo, já amei, já me vinguei, já perdoei, já trabalhei no campo, já usei um computador, já trabalhei na fábrica, já trabalhei nas obras.

Ainda não levei um bêbado a casa, ainda não odiei, ainda não me droguei, ainda não matei, ainda não enviuvei, ainda não recuperei o dinheiro que perdi, ainda não fui à guerra, ainda não recebi subsídio, ainda não enriqueci na bolsa, ainda não passei férias no estrangeiro, ainda não deixei de fumar, ainda não fiz o obituário.

Será hoje um dia bom para morrer?

O teu coração

Fui enganado, desassosseguei
Fui assaltado, treslouquei
Não vi o teu coração

Vi casas, vi castelos
Procurei caras, escutei música
Não vi o teu coração

Senti formigueiro, tive medo
Corri léguas, andei mundo
Não vi o teu coração

Sequei oceanos, arrasei montanhas
Subi ao céu, desci às nuvens
Não vi o teu coração

Lutei bravamente, morri
Fugi dignamente, renasci
Não vi o teu coração

Vivi pouco, imaginei muito
Sofri pouco, sofri muito
Não vi o teu coração

Já não sofro, já não sofro
Estou em desassossego
Pois vi o teu coração!

Afinal
Trago o teu coração
No meu coração

Agradecimentos

Tentei fazer uma lista das pessoas a quem quero agradecer. Mas vi que era muito extensa, não há papel suficiente.

Resolvi então fazer os agradecimentos no espírito dos contos deste livro. Quem está mencionado é apenas um exemplo, pretendo que ninguém se sinta excluído, apenas sinta o espírito destes contos.

Disse uma ex-colega: todos levam um pouco de nós, todos deixam um pouco de vós.

QUERO AGRADECER EM PARTICULAR
(sem qualquer tipo de ordenação):

Ao meu professor de Recursos Humanos (mencionou dois livros muito importantes)

A alguns dos meus professores de português (não, não foi por terem ensinado português)

À minha professora de geometria descritiva (não, não foi por ter ensinado geometria descritiva)

Aos meus professores de trabalhos oficinais, eletrotecnia e carpintaria (novamente, não foi por terem ensinado a matéria: a cadeira que fiz abanava por todos os lados...)

A alguns professores de matemática que me deram aulas e a um que não foi meu professor, mas ensinou-me qualquer coisinha sem querer...

À funcionária de certo estabelecimento comercial que me ofereceu um copo de água

Ao funcionário de certo estabelecimento comercial a quem eu disse que "cor-de-rosa é cor de menina"

QUERO AGRADECER (MAS NÃO EM PARTICULAR)
(sem qualquer tipo de ordenação):

À assistente social da junta de freguesia que deixou
de atender o telefone

À psicóloga que não me ajudou a deixar de fumar

Ao funcionário de certo estabelecimento comercial
a quem eu disse: "Olha, pá, eu nasci em Angola,
mas sou branco" (Não é verdade: eu sou cor-de-
rosa no inverno e acastanhado no verão)

NÃO QUERO AGRADECER (DE TODO)
(por ordem crescente de importância):

1.
2.
3.
4.
⋮
⋮
⋮
999.
1000.
1001.
⋮
⋮
⋮

Peço desculpa por não agradecer a todos os que merecem.
São muitos anos de memórias, não há papel suficiente.

Lamentação

Por outro lado, as minhas desculpas a todos os que foram indiretamente prejudicados por mim. Eu era ingénuo e crente na bondade das pessoas, crente que todos têm boas intenções. Acreditando nisto causei prejuízo a outros sem o querer e sem saber. Só mais tarde, tarde demais, tomei consciência desse facto. Sou um homem menor por causa disso.

— Gostava de vos compensar, mas se o fizer corro o risco de trazer um prejuízo maior que a compensação. As minhas desculpas.

Não concordo com 1 só palavra que tu dizes; mas lutarei até à morte pelo teu direito a falar.

Anónimo (atribuem-na a Voltaire)

www.ingramcontent.com/pod-product-compliance
Lightning Source LLC
Chambersburg PA
CBHW031102260626
47172CB00001B/188